KB129783

해미의 꽃

해미의 꽃

1판 1쇄 발행 2021년 9월 15일

지은이 한상민

펴낸곳 하움출판사
펴낸이 문현광

주소 전라북도 군산시 수송로 315 하움출판사
이메일 haum1000@naver.com **홈페이지** haum.kr

ISBN 979-11-6440-824-5 (03810)

좋은 책을 만들겠습니다.
하움출판사는 독자 여러분의 의견에 항상 귀 기울이고 있습니다.

해미의 꽃

한상민 소설

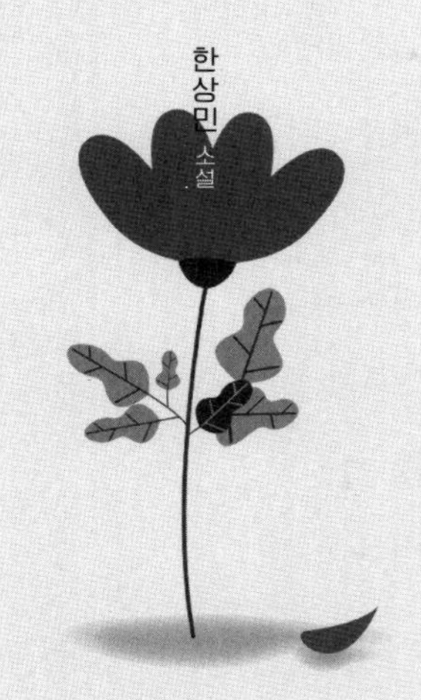

꿈속의 꽃

숲속 땅바닥 위로 금가루를 뿌리는 햇살, 파란 하늘 위로 육중하게 솟아있는 나무들. 사방에 퍼져있는 초록빛을 내는 잔디들은 몸을 사르르 흔들며 춤을 추고 있었고, 새소리가 교향곡처럼 나무 사이로 울려 퍼졌다. 햇살이 나뭇잎과 가지들 사이로 내리쬐면서 그녀의 얼굴에 닿는 빛과 그림자의 섬세한 무게가 느껴졌다. 그녀는 신발을 벗고 반짝거리는 고운 모래를 밟으며 숲속을 걸었다. 어디로 가야 할지 모른 채 두 발이 이끄는 곳으로 향할 뿐이었다.

모래밭이 끝나자 폭신한 잔디가 그녀의 발을 끌어안았다. 사부작사부작 조금씩 걷기 시작하자 숨어있던 색색의 꽃들이 고개를 빳빳이 들고 아름다움을 내비치고 있었다. 걸음을 멈추고 아름다움을 눈에 담아냈다. 그리고 코를 가져다 댔다. 꽃들은 숨을 내쉬는 것처럼 짙은 향기를 뿜어냈다. 순간 그녀는 향기를 맡을 수 있음을 신에게 감사했다. 이윽고 그녀는 눈앞에 아름다움을 접어두고 눈을 감았다.

하나, 둘, 셋!

숫자를 세고 눈을 뜨자 그녀의 몸이 줄어들었다. 고사리 같은 손을 눈앞에서 꼼지락거렸다. 웃음소리가 목을 타고 흘러나왔다. 또랑또랑하고 꾀꼬리 같은 아이의 목소리였다. 웃음소리를 있는 힘껏 질러보자 바람이 살랑거리며 꽃들과 나뭇잎들을 간지

렵혔다. 키가 줄어든 만큼 발도 앙증맞고 귀엽게 작아졌다. 그녀가 입고 있던 하얀 원피스도 아홉 살 소녀의 몸에 맞게 줄어있었다. 긴 생머리는 누군가의 손길이 닿았는지, 한 올의 머리카락도 빠짐없이 꽈배기처럼 잘 묶여있었다. 소녀는 다시 걸음을 내디뎠다. 여전히 잔디가 포근하게 발을 감싸 안았다.

번데기를 벗어나 방금 깨어난 노랑나비가 잔디 위로 떨어졌다. 날갯짓을 힘겹게 해보지만, 연거푸 실패했다. 몇 번의 실패를 반복하고 나서야 투명할 만큼 얇은 날개를 활짝 펼치는 데 성공했다. 그리고 더는 비행에 실패하지 않았다. 소녀는 나비를 따라갔다. 숨이 차서 잠시 쉬었다가 앞으로 달려가 보면 나비가 이름 모를 아름다운 꽃에 앉아서 소녀를 기다리고 있었다. 나비를 따라 숲속으로 더 깊이 들어가자 드넓은 호수가 눈에 들어왔다. 발걸음은 더욱더 빨라졌으며 어느새 나비를 추월했다.

머리 위에 걸린 태양이 호수를 거울삼고 있었다. 소녀는 호수에 비친 얼굴을 보았다. 바람을 타고 춤을 추던 물비늘이 동작을 멈추자 동그랗고 큰 눈을 깜빡였는데 소녀의 눈꺼풀이 나비의 날갯짓처럼 열정이 넘쳐 보였다. 낮고 작은 코를 실룩거리기도 하고 입술을 오므렸다 폈다, 하며 미소를 지어보기도 했다. 앨범의 사진을 꺼내 보는 것처럼 한참 동안 호수 안의 얼굴을 들여다

보았다.

잠시 잊고 있었던 나비가 소녀의 눈앞에서 재롱을 떨기 시작했다. 날개를 펄럭거리며 소녀의 주변을 맴돌더니 다시 안내를 시작했다. 호수 옆으로 달려가자 숲이 끝나는 지점이 보였다. 나비는 여전히 그리로 날았다.

폭신했던 잔디 바닥은 시커먼 아스팔트로 변해있었다. 소녀는 작은 돌멩이를 밟고 짧은 비명을 질렀다. 주저앉아 발을 붙잡고 박힌 돌을 빼내려고 발을 살펴보자 발이 도로 커져 있었다. 고사리 같은 손가락은 길고 섬세하게 변해있었고, 손톱에는 늙은 나무의 나이테마냥 세로줄이 여러 개 생겨났다. 꽈배기처럼 머리를 묶은 소녀는 더는 존재하지 않았다. 미지근한 바람을 타고 날갯짓하는 긴 머리칼은 여전히 아름다웠다. 여인이 몸을 일으키자 태양 아래 아스팔트로 깔린 찻길과 공허한 사막이 고요함을 일으켰다. 나비는 여전히 그녀의 눈앞에서 아른거렸다. 날카로운 돌조각이 연거푸 발을 찔러도 아랑곳하지 않고 따라갔다. 이윽고 땀에 젖은 그녀의 얼굴이 번들거렸다. 머리카락이 얼굴에 자꾸 달라붙어서 시야를 가렸다. 여인의 표지였던 나비가 날갯짓을 멈추고 아스팔트 위에 피어있는 꽃에 내려앉았다. 그 꽃은 장미처럼 붉은색이었다. 입을 크게 벌리고 있는 네 개의 잎이 바람개비를 닮아있었다. 후, 하고 불면 뱅글뱅글 돌아갈 것 같았다.

암술은 여인을 안내한 나비의 날개처럼 노랗게 물들어있었고, 잎사귀는 시원한 바다처럼 파란 잎이었다. 줄기는 아이를 업고 있는 엄마의 등허리처럼 굽어 있었다. 바람은 멈추었고, 꽃은 움직임이 없었다. 죽어있는 꽃인가? 그녀가 손가락을 가져다 대려고 하자 꽃이 저만치 멀리 도망갔다. 정확하게는 순간이동을 한 것이다. 그때부터 그녀는 꿈을 꾸고 있다는 걸 인지했다. 조금 있으면 잠에서 깨어날 걸 느낄 수 있었다. 그녀는 끝까지 도망친 꽃을 쫓아가 보기로 했다. 몹시 잰걸음으로 다가가 꽃을 내려다 보았다. 기다란 손가락을 뻗자 또다시 도망쳤다. 그녀의 감정은 어느새 분노가 솟아있었다. 신이 꿈속에서 형벌을 내리는 것일까. 꽃을 만질 수도, 향기를 맡을 수도 없었다. 그녀는 꽃을 잡고야 말겠다는 의지로 계속 쫓아갔다. 셀 수 없이 많은 걸음을 걷고 나서야 쫓아가기를 포기했다. 화가 난 그녀가 새카만 발로 아스팔트 위에 있던 작은 돌멩이에 화풀이했다. 눈물이 날 만큼 아팠다. 식식대던 그녀는 발가락의 고통이 잠들 때까지 두 손으로 꾹 눌렀다.

눈을 뜬 그녀가 핸드폰의 종료 버튼을 눌러 시간을 확인했다. 5시 20분. 6시에 필라테스 수업이 있는 수요일이었다. 연거푸 찬물을 얼굴에 적시니 숲속의 꿈은 어느새 먼 나라로 느껴졌다. 늘 그래왔듯이.

약육강식

계절의 여왕이라 불리는 5월 중순, 하늘은 구름 떼로 장관을 이루고 있었다. 순백의 하얀 구름은 조금의 불순물도 끼지 않은 순수한 결정체와 같았다. 고깔 모양의 과자에 퍼 담아 먹는 하얀 아이스크림처럼. 거리를 걷는 사람들도 하늘을 향해 고개를 들어 올리느라 걸음이 더뎌졌다. 쉼 없이 몰려드는 신선하고 선선한 바람마저 그녀가 입고 있는 원피스를 흔들며 춤을 추게 했다. 그녀는 잠깐 미소를 머금다가 이내 냉정하고 진지한 표정을 지었다. 눈앞에 나타난 회전문을 밀고 발걸음을 재촉했다.

십 년이 넘는 시간 동안 그녀의 삶은 회사가 대부분을 차지했다. 예상컨대 일에 찌든 가장들보다 더한 삶을 살았을 것이다. 1시간 일찍 출근해서 늦은 밤까지 일하는 건 그녀의 일상이었고, 휴일을 반납하고 일을 해온 날들이 켜켜이 쌓여있었다. 그녀가 하는 일은 공공기관이나 다른 회사의 홈페이지를 디자인하거나 간판, 현수막이나 배너, 명함 같은 광고물 따위를 디자인해주는 일이었다. 영업팀이 따로 있었지만, 영업팀에서 네 개의 디자인팀의 일을 분배해 주다 보니 디자인팀들도 영업을 병행해야만 했다. 해미는 이 바닥에서 유명할 대로 유명해져서 고객들이 알아서 찾을 만큼 실력이 뛰어났다. 그녀의 팀은 일이 끊겨 노닥거리는 팀들과는 달랐다.

그녀의 발가락에는 단단한 못이 박혀있었다. 가끔 구두를 벗고 맨발을 쓰다듬을 때면 단단한 발바닥이 낯설기도 했다. 해미는 굳은살을 보고 싶지 않았다. 어쨌든 그 대가로 차장이라는 직급까지 올라왔고, 34평 아파트를 보상받았다. 그녀는 최연소 차장 타이틀을 달았지만, 부장 진급에는 애를 먹었다. 만만치 않은 일벌레 가장들이 가족을 살리려는 의지가 더 강했는지 두 번이나 미끄러졌다. 패배는 그녀를 들끓게 했고, 내년 진급 심사에서는 떨어질 수 없을 만큼 많은 실적으로 선두를 놓치지 않았다. 이번에도 일등 말을 실격시키면 가만있지 않으리라. 석 달 전 바로 옆 디자인 3팀 박치승이 부장으로 승진했을 때는 부아가 치밀었다. 일을 월등히 잘하는 사람도 아니었고, 성실과 열정에도 거리가 먼 동료였다. 그는 아첨꾼으로 유명했다. 그는 상사들과 술자리를 매일 즐기다시피 했다. 주말까지 반납하고 상사들에게 빌빌거리는 것에 시간을 허비하는 걸 오히려 기뻐했다. 그의 기준으로는 허비가 아니라 지름길로 간 셈이었다. 술자리가 끝나면 상사들이 원하는 술집 종업원을 모텔 침대로 보냈다는 소문이 날개를 달고 사방을 휘저었다. 출처를 알고 보니, 박 부장이 제 주둥이로 자랑스럽게 떠들어대고 다닌 것이다. 해미는 셔츠를 뚫고 나오려는 배를 벨트에 걸친 늙은 임원들이 떠들어대는 걸 듣고서는 구토가 쏠렸다. 박 부장은 소문을 부끄럽게 여기기는커녕 자랑거리로 여겼다. 부하직원들에게 빨리 진급되는 노하

우를 떠들어대며 어깨에 힘을 주는 것도 그의 낙 중 하나였다.

그가 부장으로 승진이 되고 나서는 해미를 보며 능글맞게 웃으며 으스대는 태도 때문에 질색했다. 박치승은 진급한 다음 날부터 해미에게 반말을 시작했고 부하직원처럼 대했다. 먼저 입사한 것도 해미였고, 회사에 기여를 더 많이 한 것도 그녀였는데. 그의 몰상식함은 하루 이틀이 아니었기 때문에 무시하거나 머릿속으로 숫자를 세어가며 참아냈다. 그는 선하고 경건한 사람들보다 더 높이 있다고 착각하고 있었다. 늘어진 뱃살은 그의 막돼먹은 짓거리를 모아둔 심술 주머니 같았다. 웃을 때 드러나는 이빨 역시 몹시 불쾌했다. 타르와 니코틴으로 쌓인 치석이 그의 내면을 그대로 보여주는 꼴이었다. 그가 디자인 4팀의 실적표를 보고 눈을 크게 뜨며 놀랐다.

"김 차장! 일이 바쁘네. 실적이 이렇게나 많아? 일을 융통성 있게 해야지. 몇 개만 우리한테 넘겨."

순간 해미와 진무가 잠시 마우스에서 손을 뗐다. 자주 있는 일이어서 화도 나지 않았다.

"됐어요. 박 부장님."

그가 끈적한 능구렁이인 거야, 어제오늘 일이 아니었다. 그녀는 대수롭지 않게 생각했다.

"그러지 말고 좀 넘겨줘. 디자인 4팀이 다 해 먹지 말고, 같이 좀 살자. 이러니까 부하직원만 죽어나는 거야."

해미는 진무에게 숫자를 세는 방법을 가르치지 않았다. 할 말은 꼭 해야 직성이 풀리는 진무가 조용히 읊조렸다.

"말이야, 막걸리야. 추잡스럽게 뭐 하는 짓인지."

불의를 보면 꼭 짚고 넘어가는 그의 태도에는 예의가 없었다. 박 부장은 겁먹은 속내를 감추려고 눈을 부릅떴다.

"뭐! 너 뭐라고 했어. 일어나봐, 일어나 새끼야!"

그는 남성성을 보여주기 위해 가슴을 잔뜩 부풀린 채 고함을 쳤고, 암석 같은 치아를 다시 드러내며 진무를 향해 화난 걸음으로 다가갔다. 4팀의 또 다른 직원인 차형과 영우가 박 부장과 진무 사이에 벽을 세웠다. 박 부장이 있는 힘껏 밀어붙여도 벽을 세운 그들의 힘을 꺾지 못했다. 보다 못한 해미가 의자를 밀고 일어났다.

"김 대리, 뭐 하는 거야. 박 부장님이 네 친구야! 어디서 배워먹은 거야. 위아래도 없어!"

해미가 선수 치는 바람에 박 부장은 얼굴을 찡그렸다. 많은 직원이 싸움 구경을 하러 모여들었다. 그것은 마치 작은 성을 이룬 것 같았다.

"차장님, 그게 아니라……."

"당장 사과드려!"

진무는 해미의 마음을 읽었다.

"죄송합니다, 박 부장님."

"이 새끼……."

그는 주위를 돌아보고는 아무 말도 하지 못하고 혀를 차며 자리로 돌아갔다. 진무는 해미에게 사과의 눈빛을 보냈고, 해미는 잘했다는 듯 한쪽 눈을 깜빡거렸다.

그녀가 차장까지 오는데 막힘이 없었던 이유는 그녀의 실력만 봐주는 대표가 있었기 때문이다. 그가 회사에 남았더라면 2년 전에 이미 최연소 부장을 달았을 것이다. 하지만 그는 몸이 약해져 회사에 나와 일을 할 수 없는 지경이 되어버렸다. 부사장이었던 그의 동생이 대표 자리를 꿰차게 되었고, 회사는 박 부장의 치아처럼 변질하였다. 그를 따르던 부하직원들은 하나둘씩 승진했다. 티가 날 정도로 자기 사람들에게만 공을 돌리는 새로운 대표는 해미처럼 일만 잘하는 부하에게는 관심도 흥미도 없었다. 회사는 어차피 잘 돌아가니까. 박 부장은 이런 날이 올 줄 알았는지, 대표가 부사장일 때부터 영혼이라도 팔 기세로 모셔왔다. 결과적으로 그는 만년 과장에서 차장으로 금세 진급했고 얼마 지나지 않아 부장까지 달게 된 것이다.

박 부장은 부하직원의 공을 가로채는 것으로도 유명했다. 김 희진 대리는 말수가 적고 의견을 표출하지 못하는 내성적인 사원이었다. 주어진 일을 묵묵히 하는 그야말로 부리기 좋은 부하였다. 박 부장이 과장일 때부터 함께 일한 그녀는 실적표에 이름을 빼앗긴 적이 한두 번이 아니었다. 얌생이, 파렴치, 빈대 같은 박치승이 따지지 못할 희진의 성격을 알고 허구한 날 그녀의 공을 가로챘다. 영문학을 전공한 희진에게 중학생인 딸의 영어 숙제를 시키는 건 자주 있는 일이었다. 그는 새벽부터 기다렸다가 클릭을 죽어라 해야만 살 수 있는 아이돌 콘서트 티켓 예매를 시키기도 했다. 해미는 원더우먼이 되어 그녀를 보호하려고 나섰다. 치승보다 직급이 높았을 때는 직접 대면해 희진의 공을 가로채거나 딸의 숙제 따위를 시키지 말라고 경고했었다. 다시 한번 그런다면 회사 게시판에 글을 올려 망신을 주고 대표에게 찾아가 사실을 알리겠다고 엄포했었다. 그는 항복했고 희진에게 사과했다. 지난 성과들을 제자리로 돌리지는 못하지만, 앞으로 성과들을 희진의 공으로 돌려주겠다고 약속했다. 덕분에 평온한 직장 생활을 하게 된 희진은 해미를 존경하게 되었다. 그녀의 팀으로 옮기는 게 소망이었고, 그녀처럼 되는 것이 꿈이 되어버렸다. 하지만 대표가 바뀌고 치승이 차장을 거쳐 해미보다 빨리 부장이 된 이후에는 상황이 역전되었다.

회의실에서도 그의 자리가 바뀌었다. 중앙에 앉아 다리를 꼬고 있는 게 해미 눈에는 우습고 가소로웠다. 팀장들의 회의가 끝나자 썰물처럼 빠져나갔다. 해미는 잠시 앉아 그를 오랫동안 쏘아보았다. 그는 무슨 말이든 받아칠 준비가 되어있는 것 같았다.

"할 말 있어?"

해미의 눈은 이미 화가 나 있었다. 비열한 놈은 희진 때문이라는 걸 본능적으로 알 수 있었다.

"희진 씨 일로, 드리고 싶은 말씀이 있습니다."

그의 눈동자는 여전히 당당했다.

"그래? 해보세요. 말씀."

"희진 씨 좀 그만 괴롭히시죠. 부끄럽지도 않으세요? 가로챌 것도 다 가로채 가면서 부장님 개인적인 일까지 시키는 거, 해도 해도 너무하다고 생각하지 않으세요. 지난번에 분명히 약속하셨잖아요."

"아니, 같은 식구끼리 부탁도 못 해? 실적이야 같은 3팀이잖아. 요즘에 네 거, 내 것이 어디 있어. 그리고 희진 씨가 내 딸이 조카 같다고 해서 도와준다는데 왜 자네가 나서서 충고 짓거리야. 김 차장은 위아래도 없어? 아직도 네 세상인 줄 알아!"

그녀는 입안으로 입술을 말아 깨물었다. 숫자를 다섯까지 세었다.

"부장님, 희진 씨가 부장님 딸을 언제 봤다고 조카로 삼습니까. 말도 안 되는 소리 좀 그만하세요. 백 명의 회사 사람들이 모두 알도록 소문 좀 내줄까요?"

"인트라넷? 해! 걸핏하면 협박이야. 대표님에게도 찾아가서 일러. 이래서 여자들도 단기사병으로라도 군대를 보내야 한다니까. 단체생활에서 뭐가 중요한지를 몰라. 혼자만 잘살면 장땡으로 알지. 김 차장, 인생 그렇게 사는 거 아니야."

"그럼 군대에 말뚝을 박으시지 뭐 하러 나오셨어요?"

"한마디를 안 지네. 징글징글하다. 너 하고 싶은 대로 다 해봐."

해미는 고개를 가로저었다. 말이 통하지 않는 건 알고 있었지만, 마치 찍-찍 하며 짖는 쥐새끼와 대화하는 것과 다르지 않았다. 그는 회의실에서 나오자마자 해미가 보란 듯이 희진을 부려먹었다.

"희진 씨, 우리 딸 영어 논술이 너무 어렵다더라. 이번에도 잘 좀 도와줘. 시간은 일주일이면 되겠지?"

희진은 아무 말도 못 하고 고개를 끄덕였다.

"스읍! 상사가 말을 하면 대답을 해야지."

희진이 붉어진 얼굴로 작게 대답했다.

"네, 알겠습니다."

"개 버릇 남 못 준다더니."

해미의 목소리가 여러 사람이 들을 정도로 크게 들렸다.

"뭐야! 김 차장, 너 뭐라고 했어!"

그녀가 눈을 순진해 보이도록 동그랗게 떴다.

"네? 인터넷 뉴스를 보다가 저도 모르게 나온 말이었어요. 쥐 같은 놈들이 하도 많아서 말이죠."

그의 얼굴이 일그러졌다.

"나랑 장난해?"

"전혀요."

치승이 해미를 노려보고 담배를 피우러 나가자 진무가 그녀에게 다가갔다.

"너무 대놓고 공격하셨어요."

"그랬나? 그래도 지 욕하는 걸 못 알아듣는 모지리는 아닌가 봐."

진무가 엄지손가락을 펴고 말했다.

"진짜 멋지셨어요."

"나도 알아."

진무가 히죽거리며 자리로 돌아갔다. 해미는 박치승에 대해 폭로 글을 올리려고 인트라넷을 켰다. 부하직원의 공을 가로채는 건 물론이고, 업무 외에 개인 일을 명령하며 권력을 남용한다는 글을 써 내려갔다. 그리고 성추행. 박치승과 비슷한 인간들이 모여 여직원들의 외모에 점수를 매기고 희롱을 일삼는 것에 대해 고발했다. 얼마 전에는 희진의 검은 스타킹을 신은 다리를 보고 '스타킹을 만든 사람은 노벨상을 줘야 해!'라며 변태스러운 눈으로 희진의 다리를 쭉 훑어보았다. 그렇게 그의 추태를 써 내려갔더니, 그의 늘어진 뱃살처럼 빼곡한 글이 꽉 채워졌다. 발행 버튼을 눌러 그가 고꾸라지는 모습을 상상했다. 해미는 일과를 마치고 다시 인트라넷에 접속했다. 댓글이 얼마나 달렸을지 기대하며. 하지만 그녀의 글이 사라지고 없었다. 어떻게 된 거지? 그녀는 진무를 불렀다.

"아까 내가 올린 글 봤지?"

"아니요. 뭐 올리셨어요?"

"글이 사라졌어."

진무가 자신의 컴퓨터로 접속을 하고 확인했다. 해미를 보고 고개를 가로저었다.

"쥐 같은 새끼."

그는 대표가 바뀌고 나서부터는 인트라넷의 자유게시판 글은 관리자의 승인을 받아야 공개가 된다고 설명했다. 그야말로 짜고 치는 화투판이었다. 분개한 해미는 핸드백에서 약봉지를 소리 나지 않게 찢어 물과 함께 삼켰다.

진무는 입사한 지 6년이 되었다. 해미가 다른 팀에서 빠지고 새로운 팀을 꾸릴 때 만난 첫 부하였다. 그는 차갑고 날카로운 그녀 밑에서 일하는 게 내키지 않았다. 솔직히 여 상사를 만난 것이 가장 불편했다. 개념 없는 신입 시절, 인사팀에 가서 다른 팀으로 옮겨달라는 말도 해봤지만, 그의 힘으로는 불가능했다. 오히려 인사팀장이 해미를 불러 그녀에게 고자질했다. 해미는 화가 나기도 했지만 그를 이해하려고 했고 이성적인 판단을 했다. 다른 상사들보다 능력 있고 나은 사람이라는 걸 일깨워주면 내 사람이 될 거라 믿었다. 진무가 고객들에게 디자인을 숱하게 거절당하자 해미가 하나부터 열까지 고쳐주고 가르쳐주었다. 그녀의 길고 가느다란 손가락의 움직임에는 늘 우아함과 확신이 배어 있었다. 그는 해미처럼 신뢰를 얻고 싶었고, 그녀처럼 실력 있는 디자이너를 꿈꾸게 되었다. 그녀는 진무를 진급시키기 위해 많은 도움을 주었고 동기 중 가장 빨리 대리를 달게 해주었다. 해미는 그게 진짜 좋은 상사라고 생각했으니까. 말만 번지르르하게 하는 그들과는 다르게. 점차 진무는 해미와의 거리를 좁혔고 그녀가 어떤 사람인지 알 수 있었다. 사막에서 오아시스 같은 존재를 만난 것이었다. 그것도 모르고 팀을 옮겨달라고 했던 자신을 책망했던 순간이 한두 번이 아니었다. 6년의 세월 동안 그들은 전쟁터에서 함께 싸우는 전우 같은 사이가 되었고, 눈빛만 봐도 어떻게 일을 진행해야 하는지 텔레파시가 통할 정도였다. 진무가 결혼하던 날에는 해미가 가장 많은 축의금을 내기도 했다. 액수보다 성의가 중요하다고 말하지만, 진무는 아직도 가장 고마운 사람을 떠올리면 해미 말고는 아무도 떠오르지 않았다.

얼마 전 진무가 야외 휴게실에서 홀로 담배를 피우고 있을 때였다. 멀찌감치 떨어진 곳에서 디자인 3팀 박 부장과 다른 팀 간부 셋이 모여 캔 커피를 들고 담배를 피우며 토론을 하고 있었다. 김 차장 얼굴은 보통 이상이지, 얼굴보다 몸매가 죽이지, 라며 해미의 외모 평가를 시작했다. 진무의 화가 머리끝까지 올라왔다. 그들의 걸레를 문 주둥이에서 나오는 말을 끝까지 듣고 어떻게 해야 할지 판단하기로 했다.

"난 그 마녀 정떨어지던데. 일에 미쳐서 날뛰는 게 꼴 보기 싫어. 성격도 봐라. 사근사근하게 웃어준 적이 있기를 하냐. 보기만 해도 얼음장처럼 차갑다."

"성격이 중요한가, 그래도 엉덩이 봐봐. 완전히 탱탱하다니까. 가슴도 뽕은 아닌 것 같던데."

"다음에 내가 슬쩍 만져볼까? 실수라고 하고 말이야."

"야! 아서라. 그년 성격에 너 은팔찌 차고 말 거다."

그들은 깔깔거리며 다음 대상자를 물색했다.

"박 부장, 이 부장, 이리 와봐. 저기 밑에 새로 온 인턴들 모였다."

남자 셋은 캔커피를 내려놓고 건물 아래에 시선을 모았다. 진무는 피우던 담배를 박 부장의 캔커피에 몰래 집어넣고 몹시 잰 걸음으로 옥상 문을 향했다. 가장 더럽고 추한 희롱의 말을 뱉어낸 그에게 주는 선물이었다. 세 치 혀에 쓴맛을 느끼라는 작은 선물.

"어떻게 이번에도 인물이 없냐. 좀 예쁜 애들 좀 뽑지. 아휴."

몇 개월 전 딸을 대학 보낸 이 부장의 말이었다.

"그러게, 전부 50점도 안 되잖아."

박 부장은 담배를 깊게 빨고 나서 캔커피를 홀짝였다. 잠시 후 입에서 분수 쇼가 일어났다. 나머지 부장들의 옷에 실컷 뿜어대는 바람에 셋이 나란히 진무의 선물을 받은 셈이었다. 진무는 입꼬리를 실룩거리며 옥상 문을 열었다.

자화상

해미는 아파트 단지 내에 있는 놀이터가 유일한 위로의 공간이었다. 구두를 신은 발이 온종일 바닥에 붙어 다니다가 유일하게 비행할 수 있는 순간이었다. 그네는 그녀를 낫게 해주었다. 구두를 벗고 맨발로 금색 모래를 가르며 더 높이 올랐다. 눈을 감자, 작은 멀미가 찾아왔다.

어둠 속에서 작은 아이가 그녀 앞에 서 있었다. 소녀의 머리카락은 단발이었고 이목구비가 흐릿해서 내일이면 잊힐 얼굴이었다. 꾀죄죄한 줄무늬 티셔츠는 소매가 헤지고 너덜거렸다. 티셔츠 목은 그 안으로 꼬마 얼굴이 하나 더 들어갈 만큼 축 늘어져 있었다. 한여름에도 긴 소매인 옷을 입고 있는 게 이상해 보였다. 무릎이 심하게 나온 청바지 또한 무게가 느껴지는 두께였다. 가로등 불이 만든 아이의 그림자가 해미의 그림자보다 훨씬 길쭉했다. 해미가 걱정의 눈빛으로 아이를 바라보았다.

"혼자 나왔니?"

소녀는 아무 말 없이 해미 옆에 비어있는 그네에 앉았다. 그러고는 조금 전 해미가 발로 모래를 찬 것을 따라 했다. 여기저기 구멍이 난, 천 신발로 모랫바닥을 긁어대는 바람에 그녀의 귀에는 듣기 싫은 소음으로 들렸다.

"그것 좀 하지 말아줄래?"

혼자만의 시간을 방해받는 기분이었다. 아이는 발을 멈추고 해미를 빤히 보았다.

"아줌마, 여기서 뭐 하세요? 여긴 놀이터예요."

해미는 무슨 말인지 알아들었다. 아이의 공간에 침범한 이유를 묻는 것이다.

"알아. 하지만 지금은 저녁이고, 너는 집에 있을 시간이지. 혼자 이렇게 나와 있으면 집에서 가족들이 걱정하지 않겠니."

해미의 말투에는 변함이 없었다. 어린아이에게 대하는 말투를 따로 써본 적이 없었으니까.

"걱정할 사람이 없어요."

아이도 해미처럼 차갑고 딱딱하게 대답했다. 그녀는 더 묻지 않았다. 타인에게 관심도 없을뿐더러 조그만 꼬마의 수다 상대가 되는 건 체질적으로 맞지 않았기 때문이다. 그네에 더 앉고 싶었던 해미는 소녀가 빨리 떠나길 바랐다.

"저……."

소녀의 목소리는 조금만 주의를 기울이면 애원하는 듯한 뉘앙스를 느낄 수 있는 어조였다.

"응?"

"과자 먹고 싶어요."

해미는 예상하지 못한 말을 듣고 놀랐다. 자신도 모르게 연민이 생겨 소녀에게 친절을 베풀고 싶었다.

"과자?"

소녀는 고개를 끄덕였다. 어둠 속에서 빛나는 눈동자는 간절함과 용기가 보였다.

"편의점으로 갈까?"

여자아이가 벌떡 일어났다. 세상을 다 가진 미소를 지으며 해미의 차가운 손을 잡아당겼다. 소녀의 손은 사포처럼 까끌까끌했다. 손을 잡고 걸으며 들떠있는 아이의 체온을 느꼈다.

매력 있는 여자

해미의 구두 굽은 늘 4cm였다. 그녀의 다리가 가장 아름다워 보이는 높이였다. 관능적이고 예의 바른 그녀의 걸음걸이는 많은 사람의 시선을 빼앗았다. 남자라면 누구나 해미에게 고개를 한 번씩 돌리곤 했다. 그녀는 그 시선을 즐겼고, 자신의 우월함에 취하기도 했다. 자리를 찾아 굽이 낮은 슬리퍼를 갈아신고 앉았다. 팀원인 차형이 손가락 파스를 붙인 채 열심히 디자인을 그려내고 있는 게 눈에 들어왔다. 고작 그것 하나 하면서 파스라니, 유난 떨기는. 해미는 사원들의 편의를 거의 다 봐주었다. 월차든 반차든, 언제든지 쓸 수 있게 해주는 것은 물론, 개인 사정이 생기면 당장이라도 퇴근시켰다. 얼마 전 가장 바쁜 월말에 차형이 어머니가 아프시다는 이유를 들며 조퇴를 건의했다. 그의 눈동자가 해미의 눈을 피하며 말하는 걸 알면서도 진실을 캐고 싶지 않았다. 사소한 일에 화를 내거나 감정을 소비하는 건 낭비 그 자체였기 때문이니까. 그녀의 손이 조금 더 분주해지면 될 뿐이었다.

그녀는 얼굴이 늘 딱딱하게 굳어있다는 말을 들었다. 화났어, 무슨 일 있어, 표정이 왜 그래, 라며 표정 관리를 하라는 말들은 해미를 불쾌하게 했다. 내가 당신들 보기 좋게 계속 웃고 있어야겠니? 이게 내 얼굴이고 내 표정이야. 치마를 입을 때도 그들에게 다리를 보여주려고 입는다고 생각하거나 화장이 조금 짙으면 남자를 만나느냐고 비아냥대는 것이 이곳의 남자들이었다. 처음 회사 생활을 할 때는 어쩔 수 없이 억지웃음을 짓느라 턱이 아팠지만, 감정을 속일 필요가 없을 위치에 도달하자 그녀는 가장 편한 얼굴로 일했다. 굳게 다문 입과 어둠에 묻힌듯한 단조로운 표정은 침울해 보이기도 했다.

며칠 전 들어온 신입은 그녀보다 아홉 살이나 어렸다. 작은 회사에서 큰 다리를 만들어 건너온 게 기특하기도 했지만, 그의 디자인 실력은 실망적이었다. 기준은 언제나 그녀였다. 구년 전, 자신의 실력과 비교해 비등하기까지 바라지는 않지만, 좇아올 수 있는 감각이길 바랐는데 고사리손으로 요리를 하는 격이었다.

"우겸 씨, 현지건설 이벤트 건 다 됐어요?"

"네, 차장님, 메일로 보내드렸습니다."

파일을 열자 화가 치밀었다. 사흘 동안 만들어낸 결과물이 이따위라니. 해미는 미간을 찌푸렸다. 우겸이 그녀의 번데기 같은 주름을 보고, 자신의 실력 부족을 알아채기를 바랐다.

"차장님, 문제 있습니까?"

해미는 마음속으로 숫자를 세었다. 일곱까지 세고 나서야 그녀의 심장박동수가 정상 수치로 돌아왔다.

"아뇨. 괜찮지 않아요. 너무 번잡해요. 오늘 안으로 수정 다 하고 퇴근하세요.”

“구체적으로 어떻게 고칠까요?”

해미는 다시 숫자를 세었다. 이번에는 넷에서 멈추었다.

“여긴 회사입니다. 배우는 곳이 아니라 증명하는 곳이라고요. 작은 디자인 하나 제대로 못 하면, 여기 앉아있을 자격이 없는 거예요.”

그의 얼굴이 모닥불이 튄 것처럼 붉어졌다. 처음 보았을 때부터 냉랭한 해미 때문에 마음이 무거웠지만, 어떻게든 헤쳐나가려고 노력했다. 방금 보여준 시안이 사흘 동안 뜬눈으로 밤을 새우며 만든 이직 후 첫 작품이었다. 그는 스스로 붉어진 얼굴을 식히며 엷은 미소를 지었다. 그리고 해미에게 말했다.

“오늘 안으로 차장님 마음에 드는 디자인을 만들어내겠습니다.”

그녀의 시선이 모니터에 머물러 있었다. 그의 미소가 머무는 걸 느꼈을 때 왠지 모르게 패배한 기분이 들었다.

그녀는 유리창에 기대어 긴 한숨을 내쉬었다. 창밖의 노을이 짙은 홍시 색으로 물들었다. 흩뿌려진 노을은 어둠을 경고하는 신호등 같았다. 해미는 퇴근 후에 해야 할 것들을 떠올렸다. 피부과 야간진료, 읽어야 할 책, 디자인 공부, 거품 반신욕. 퇴근하고도 할 게 이렇게나 많다니. 어느새 노을 위에 어스름이 내려앉았다. 어쩌면 어둠을 갈망했는지도 모른다. 해미는 어둠 속에서 빛나는 불빛들을 보며 생각했다. 도시가 과연 잠들기는 하는 걸까. 매 순간 깨어있다는 기분이 무섭게 다가왔다. 투명한 유리에 몸이 통과되어 건물 밖으로 떨어지는 영상을 떠올렸다. 많은 고통을 느끼며 죽을까? 아니면 떨어지기도 전에 심장이 멈춰 편안하게 죽을까?

의자 끄는 소음이 여기저기서 들려왔다. 슬리퍼를 벗고 의자에 걸린 재킷들을 챙겨 입는 소리가 이불을 터는 소리처럼 들렸다. 해미는 팀원들에게 고개를 돌렸다.

"수고하셨어요. 모두 퇴근하세요."

차형과 영우는 야근이 없는 회사 생활이 가장 좋았다. 회식도 직원들이 하고 싶을 때만 하는 상사를 만난 걸 행운으로 여겼다. 그들은 하루 중 가장 밝은 얼굴로 입술을 떼며 차례대로 말했다.

"수고하셨습니다."

"차장님, 내일 뵙겠습니다."

진무도 그들을 따라 퇴장했다. 해미는 우겸의 바쁜 손놀림을 보며 코웃음을 쳤다.

"우겸 씨도 퇴근하세요."

"네? 거의 다 됐습니다. 차장님."

해미가 그의 말을 끊었다. 단조로운 목소리는 한겨울에 열린 차가운 고드름처럼 느껴졌다.

"오전에 현지건설 디자인 건, 제가 다해서 넘겼어요."

우겸은 자리에서 일어났다. 그녀는 예상했던 행동이라 표정 없는 눈으로 그의 말을 기다렸다.

"아, 그런가요? 저……. 그래도 마무리해서 차장님께 보여드리고 싶습니다."

분노하거나 일그러질 줄 알았는데 생각보다 더 성격이 좋은 모양이네. 해미는 그의 의지를 꺾고 싶지 않았다. 여기까지 올라온 그녀의 과거를 떠올려보면 열정과 성실이 피곤과 우울과 싸우던 시간이었다. 지금은 주 52시간으로 업무 시간이 정해져 상상도 못 할 일이었다. 그래도 하루 정도는 회사에서 밤을 새우는 것도 괜찮을 거라는 판단이 들었다.

"마음대로 하세요."

해미의 차가움에 그는 아무 말도 잇지 못했다. 그녀는 구두를 갈아신고 베이지색 재킷을 걸쳤다. 자동차 스마트키를 검지에 걸고 넓은 사무실을 걸어 나갔다. 이튿날 해미가 출근했을 때 우겸이 책상에 엎드려서 자고 있었다. 그녀가 예상했던 그림이었다. 이어서 출근한 진무가 우겸의 몸을 흔들어 깨웠다. 입가에 하얗게 번진 침을 닦는 모습이 어린아이 같았다. 그는 화장실로 달려가 머리를 감고 세수를 했다. 다시 돌아온 우겸은 팀원들에게 디자인을 보여주었다. 모두가 둘러서서 작은 성을 이루었다. 진무가 우겸의 디자인을 보고 고개를 끄덕이며 해미의 눈치를 보며 미소를 지었다.

"뭐가 문젠지 김 대리가 가르쳐줘. 천천히 가르쳐."

"네, 조금만 다듬으면 괜찮겠는데요."

"그건 김 대리 생각이고."

해미의 가벼워진 얼굴을 본 진무가 기회를 놓치지 않았다.

"알겠어요, 차장님. 그럼 우겸 씨, 환영 회식하는 겁니까?"

우겸이 그녀의 미소에 조금 놀랐다.

"나 바빠요. 여러분들끼리 해요."

"에이, 차장님. 그러지 마시고……."

해미는 마케팅부서에 간다는 말을 남기고 자리를 피해주었다. 진무가 우겸에게 말했다.

"앞으로 회사에서 밤새우지 마. 차장님은 그런 거 제일 싫어해. 무조건 칼퇴근하라고, 알겠지."

우겸은 그녀가 어떤 사람인지 조금은 알 것 같았다. 차갑지만 따뜻하기도 하고, 어둡지만 밝기도 한 사람이란 걸. 세상의 모든 사람이 그런 것처럼. 그는 해미가 만들어낸 세계를 조심스럽고 섬세하게 대하는 법을 터득했다. 그는 진무에게 본격적으로 일을 배워나갔다. 아무리 실력이 있다 한들 객관성이 없으면 하자가 생기기 마련이었다. 문제점을 알고 받아들이는 것으로 그의 디자인은 성장했다. 며칠 뒤에 단독으로 일을 맡았고, 계약자가 마음에 드는 디자인을 완성했다. 팀원들은 환영회 겸 축하 파티를 하자며 해미에게 제안했고 그녀도 흔쾌히 승낙했다.

수족관에서 힘 좋은 횟감을 고른 건 진무였다. 장정 넷과 해미를 생각해서 광어와 우럭을 넉넉히 골랐다. 술잔과 음료수 잔이 테이블에 올려졌고 해미만이 음료수를 마시기로 했다.

“차장님, 한잔 안 하세요?”

천장 조명이 해미의 얼굴을 빛나게 만들었다. 완벽하게 드러난 이목구비는 뚜렷하고 섬세했다. 우겸은 그녀의 아름다움에 반해버렸다. 머리 꼭대기부터 발끝까지 피가 한꺼번에 확, 돌더니 심장 박동이 빨라지는 걸 느꼈다.

“난 안 먹어요. 진무 씨나 실컷 마셔.”

“그러려고 했어요.”

진무가 내뱉는 말들은 익살스러웠고 듣기 좋았다. 그가 계속해서 웃는 분위기를 만들었다. 해미의 입꼬리도 자주 실룩거렸다. 술을 좋아하는 영우가 맥주와 소주를 섞어 폭탄주를 만들었다. 비율이 중요하다며 아무에게도 술을 섞지 못하게 했다. 그가 우겸에게 폭탄주가 든 잔을 건넸다. 해미가 말했다.

"억지로 권하지 말라니까. 우겸 씨, 술 먹기 싫으면 먹지 말아요."

우겸이 엷은 미소를 지었다.

"오늘은 좋은 날이니까 한잔해야죠. 주십시오. 선배님."

해미는 우겸에게 가끔 미소를 보였다. 친절하지만 차가운 미소였다. 어른이 어린아이를 대하는 듯한 그런 미소. 그는 해미의 육체를 잠시 바라보았는데 시선을 피할 수 없었다. 가녀린 팔과 물이라도 고일 것 같은 쇄골, 아름답게 솟은 가슴, 다리의 희디흰 살결까지. 마치 햇빛을 받고 반짝이는 다이아몬드 같았다. 우겸의 심장이 방망이질을 시작했다. 그녀가 사랑스러운 미소로 자신을 바라보는 얼굴을 상상했다. 지금보다 아름답게 웃어주는 그녀를. 그녀와 다정하게 손을 잡고 거리를 걷는 상상은 머리카락을 쭈뼛 서게 했다. 롤러코스터에 나란히 앉아 두 팔을 들어 올리고 함께 세상 구경을 하는 상상, 비키니를 입은 그녀와 단둘이 수영장에서 서로를 향해 헤엄치다가 물속에서 키스하는 상상. 벌거벗은 채 몸을 섞는 상상. 상상은 앉은 자리에서도 정신여행을 가능하게 해주는 위대한 힘을 지녔다. 폭탄주 때문인지 상상 때문인지 그의 얼굴이 홍시처럼 달아올랐다.

몽상가

노을이 붉게 물들면 습관적으로 자리에서 일어나 창가에 기댄다. 어둠이 오기 전에 생각을 정리하다가 현실을 잠시 잊고 몽상에 젖는 순간이다. 그 시간만큼은 아무도 해미에게 말을 걸지 않는다. 누가 시킨 것도 아닌데 무언의 약속이라도 한 것처럼.

해미는 알 수 없는 우울감에 영혼을 빼앗겼다. 그녀는 암흑 속 터널을 벽만 짚고 걷는 상상을 떠올렸다. 한 점의 빛도 없는 공간을 끝없이 걸었다. 외로움과 두려움이 그녀를 삼켰지만, 겸허히 받아들였다. 그리곤 편안한 걸음으로 바뀌었다. 항상 걸어 온 길을 걸었던 것처럼. 이윽고 터널 안에서 들려온 날카로운 소리 때문에 고막이 찢어질 것 같았다. 하지만 그 소리마저 적응해 버렸다. 터널의 습한 공기가 폐 속을 오염시키는 후각까지 느껴졌다. 끝까지 빛이 나타나지 않았지만, 계속 걸었다. 그녀는 어둠을 위해 터널을 걷는 것 같았다. 해미가 상상을 멈추자 노을은 사라지고 없었다. 노을이 주는 몽상은 그녀에게 환각제 같았다. 오늘도 어김없이 머릿속으로 침울한 영화 한 편을 만들어냈으니까. 그것들은 해미만 볼 수 있었으며 아무에게도 보여줄 수 없는 영화였다.

갑자기 찾아오는 두려움과 공포에 온몸이 떨리기 시작했다. 매일 찾아오는 몸의 신호였다. 손끝을 움직이기도 어려웠고 턱이 굳게 닫혀 입을 벌릴 수도 없었다. 눈두덩이는 지진이 난 것 처럼 떨렸다. 해미는 가방에서 약봉지를 꺼내서 아무도 모르게 약간의 물과 약을 함께 삼켰다. 그녀는 항우울제 없이 반나절도 버티기 힘들었다. 심장부터 저려오는 두려움과 공포는 끝없이 그녀를 갉아먹었다. 고등학교 때부터 약이 없는 삶을 유지하는 것이 불가능했다.

우울함과 복잡하고 허약한 감정에서 벗어날 방법이 없어 2주에 한 번씩 정신과를 찾아야만 했다. 20년 동안 한 번도 거르지 않았다. 병원장은 해미와 같은 환자들을 숱하게 봐왔다. 버티지 못하고 세상을 스스로 떠난 환자들도 많이 봤다. 경찰서에서 환자가 죽었다는 연락이 가끔 올 때면 가슴이 저며왔다. 슬픔과 안타까움, 의사의 책임을 다하지 못했다는 회의감까지 들었다. 그는 해미를 위험한 환자로 나누었고, 제때 맞춰서 병원에 오지 않으면 불안해지기까지 했다. 2주 동안 있었던 일을 이야기하며 그동안 겪었던 감정과 힘들었던 일들에 관해 대화를 나누었다. 그녀가 유일하게 속내를 털어낼 수 있는 시간이었다. 창가에 서서 유리문을 통과해서 죽음으로 떨어지는 상상을 말했고, 잠이 들기 전 내일이 오지 않는 영원한 잠이 들기를 바라는 마음도 고백했다. 그는 미소를 지으며 같은 생각을 한 적이 많다며 해미를 위로했다.

“사람은 누구나 죽음을 두려워하는 동시에 갈망해요.”

“그럼……. 매일 이렇게 약으로 버티는 사람들로 넘쳐날까요? 난 언제쯤 이 빌어먹을 약에서 벗어날 수 있을까요.”

의사는 아무렇지 않게 고개를 끄덕였다.

“뼈가 약한 사람이 칼슘 약을 끊지 못하는 것과 같은 거죠. 해미 씨도 약을 먹지 않고 지내는 날이 머지않아 올 거예요.”

그녀가 강하게 고개를 흔들었다.

“그럴 일은 없을 것 같네요.”

“분명 그런 날이 올 겁니다. 그 무엇도 해미 씨를 방해하지 못할 무한한 감정이 찾아올 거예요.”

그녀는 의사가 몽상에 취해 말하는 걸 끊어버렸다.

“아, 선생님. 약을 좀 더 높여주시면 안 될까요. 약효가 길지 않은 것 같아서요.”

의사가 고개를 강하게 가로저었다.

“약을 더 올리면 안 됩니다. 해미 씨가 드시는 양도 이미 꽤 강합니다.”

쉽게 올려주지 않을 걸 알면서도 약을 더 원했다. 그래야만 평범한 하루를 살 수 있으니까. 해미는 포기한 채 정해진 양의 약을 받아 가야만 했다.

유리창에 비친 동료들의 열정을 보고 지혜를 펼쳐보았다. 부하직원 넷이 해미를 믿고 따르는 것일까? 회사에서 정해준 팀에 갔으니 그냥 참고 일하는 걸까? 그들을 보필하고 끌어주려면 힘이 필요하다. 권력. 그것은 휘두르지 않아도 벨 수 있는 날카로운 검과 같다. 더러운 이빨을 보이며 공격하는 짐승을 막아줄 정도의 힘 정도는 필요하지 않은가. 이제 입사한 서른 넘은 부하를 이끌지 못하고, 다른 팀으로 날려 보내는 일은 없어야 한다. 해미는 성을 무너뜨리고 싶지 않았다.

현관에서 스위치가 있는 거실까지 어둠 위를 걸어야만 했다. 대리석 바닥을 맨발로 밟자 발바닥이 착착 달라붙었다. 해미는 그 촉감이 좋았다. 주방의 하얀 불빛이 외로움의 형체를 깨웠다. 당당하던 그녀의 어깨는 축 처져 있었고, 허리도 굽어 있었다. 해미는 냉장고를 열어 두툼한 소시지와 샐러드가 든 다이어트 도시락을 꺼냈다. 소시지를 접시에 담아 전자레인지에 돌리는 동안 얇게 썬 양배추와 파프리카, 당근이 분홍 소스에 비벼진 샐러드를 입안에 집어넣었다. 맛은 없었지만, 뱃속에서 아우성이 그쳤다. 전자레인지가 비명을 지르자 하얀 연기를 뿜어내고 있던 소시지를 꺼내 포크로 잘라서 입바람으로 식혀 먹었다. 저녁 식사가 끝나고 샤워를 했다. 거품 반신욕은 시간이 아까워서 내일로 미루었다. 아마 내일도 미룰 것 같다. 드라이기로 머리를 말리고 커피 머신에 ON 버튼을 눌렀다. 이윽고 까만 커피가 으르렁거리며 깨어났다. 하얀 머그잔에 커피를 옮겨 담고 책상 앞에 앉았다. 디자인 책을 꺼내 들고 컴퓨터를 켰다.

그녀가 하지 못한 유학 생활 대신 프랑스 교수의 교재를 펴고 공부했다. 벌써 여러 교수의 책을 간파했고, 그녀의 실력은 켜켜이 쌓여 녹지 않는, 눈 뭉치가 되어갔다. 시간이 얼마나 지났는지 체감한 해미는 컴퓨터를 끄고 공부를 마쳤다. 전등을 끄고 향초에 불을 붙였다. 오렌지색 촛불이 어릴 적 손가락에 들인 봉숭아 물처럼 곱게 물들었다. 달콤한 향기에 취해 기분이 좋아졌다. 약을 먹기는 했다. 명상도 약이 없으면 집중할 수 없으니까. 미소를 머금은 해미는 눈을 감고 아무 생각도 하지 않았다. 문득 어떤 생각이 불현듯 떠오르기 바랐다. 이윽고 눈앞의 꽃 한 송이가 나타났다. 빨간 꽃잎은 장미 같았지만, 훨씬 더 크게 입을 열고 있었다. 잎사귀는 파란색이었고 줄기는 기다랗고 얇았다. 금방이라도 부러질 것만 같았다. 빨간 꽃잎 뒤에는 노랑나비가 낮게 날고 있었다. 어둠 속에 꽃과 나비가 해미의 영혼을 쓰다듬어 주었다. 그녀는 꽃을 만져보려고 손을 뻗었다. 꽃은 꿈속에서 그랬던 것처럼 저만치 도망갔다. 해미는 꽃을 향해 천천히 걸어갔다. 다시 손가락을 대자 자취를 감췄다. 스스로 눈을 뜬 그녀는 먹먹함에 잠시 취해있었다.

'또 그 꽃이네.'

수호천사

세 남매에게 아버지는 먼 나라의 존재였다. 그는 해미가 갓 태어났을 때 엄마와 이혼을 했다. 그녀가 엄마 배 속에 있을 때부터 다른 여자와 살림을 차렸다. 엄마는 아무것도 모르고 있다가 이혼 서류를 내미는 그의 통보에 심장이 튀어나올 뻔했다. 배신감이나 증오가 아닌, 걱정 때문이었다. 아이 셋을 홀로 키운다는 건 무엇보다도 무섭고 끔찍한 일이니까. 아버지는 조그만 배가 한 척 있는 어부였다. 그가 매주 가져다주는 돈으로 다섯 식구가 입에 풀칠이라도 하며 살 수 있었는데 그마저도 사라지면 앞으로 살길이 막막해질 수밖에 없었다. 엄마는 어떻게든 그를 잡아보려고 했지만 매몰차게 버리고 떠났다. 그는 세월이 흘러도 가족들 앞에 나타나지 않았다. 해미는 아버지의 얼굴을 한 번도 본 적이 없다.

해미가 일곱 살이 되었을 때는 가난 때문에 유치원을 다니지 못했다. 판자촌의 아이들도 마찬가지였다. 해미는 엄마의 부업일을 대신에 했다. 매일 아침 백 개의 인형을 가져다주는 아저씨가 있었다. 그는 큼지막한 투명한 봉투에 손바닥만 한, 곰 인형을 가득 채우고 해미의 집으로 배달해주었다. 곰 인형의 눈을 본드로 붙이는 일이었는데 인형 한 마리에 10원씩 받았다. 그 돈은 당연히 엄마의 호주머니로 들어갔다. 곰 인형은 하얀 털이 복실댔다. 해미는 처음에는 인형을 품에 안고 노는 게 좋았다. 하지만 수북이 쌓여있는 인형들을 매일 보니 인형이 아니라 푹신하고 먼지 날리는 솜덩어리로 보일 뿐이었다. 며칠 전 엄마가 수고했다며 곰 인형 두 개를 가지라고 건네주었다. 해미는 지난달에 받았던 곰 인형도 구석에 처박아 놓았다. 판자촌에 가장 어린 동생들이 사는 집 앞으로 가서 곰 인형을 흔들어 아이들이 집 밖으로 나오게 했다. 네 살, 다섯 살쯤 보이는 남녀 아이가 해미에게 다가왔다. 아이들의 눈은 곰 인형을 향했다. 아무런 조건 없이 인형을 품에 안겨주자 활짝 핀 꽃처럼 행복을 소리쳤다. 순간 머리 위에 걸린 태양이 뜨겁게 햇살을 내리쬐고 있었다. 햇살에 목소리가 있다면 조금 전 웃어대던 아이들의 웃음소리와 같을 것이다.

해미는 수백 개의 인형에 눈을 붙이느라 시간 가는 줄 모르고 일했다. 본드 냄새가 좁은 방에 한참 동안 머물렀지만, 소녀는 아무렇지 않았다. 눈을 다 붙이고 나면 엄마는 해미가 좋아하는 50원짜리 별 모양 달고나를 일당으로 주곤 했다. 하지만 해미는 별을 오려내는 걸 한 번도 성공한 적이 없었다.

엄마는 시장에서 생선 장사를 했다. 그녀는 아침 일곱 시부터 열두 시간을 일했다. 직원으로 6년 동안 일하며 돈을 모아서 가게를 인수했다. 해미는 갓난아기일 때부터 집보다 생선 가게에서 많은 시간을 보냈다. 그래서인지 생선가게 이름도 '해미생선'이라고 지었다. 집과 시장의 거리는 해미의 걸음으로 십오 분이 걸렸다. 아침잠이 없었던 해미는 엄마를 따라서 시장 안을 뛰어다녔다. 그러다 보면 다른 장사꾼들이 해미에게 약과를 주거나 뻥튀기나 떡 조각을 건네주기도 했다. 해미가 가장 좋아하는 간식은 번데기였다. 특별한 날이면 번데기를 사달라고 졸랐다. 하지만 엄마는 사주지 않았다. 비쌌으니까. 시장에서 고소한 냄새가 해미의 코끝을 자극하면 번데기 아저씨가 있는 곳으로 달려갔다. 아저씨가 맛만 보라고 조금씩 줄 때가 있었는데, 너무 자주 가서 점점 주는 양이 줄어들었다. 목을 길게 빼고 번데기를 뚫어져라 쳐다보면, 이쑤시개로 번데기 두세 개를 찍어서 해미에게 내밀었다. 실수로 떨어뜨릴까 봐 한꺼번에 입안에 털고 야금야금 씹어먹었다. 아쉬움이 남아 냄새를 더 맡으며 번데기를 구경하다 생선 가게로 돌아갔다.

손님이 오면 고사리손으로 비닐봉지를 뜯어서 엄마에게 건네주며 수고를 덜어주었다. 생선을 사는 사람들은 꼬마를 신기하게 보고 이따금 머리를 쓰다듬어주기도 했다. 시장에 있을 만큼, 있다 보면 집이 그리워졌다. 홀로 집으로 돌아가 인형 눈을 붙이며 생긴 지 얼마 안 된 손바닥만 한 텔레비전을 보는 게 해미에게는 큰 즐거움이었다. 텔레비전에서는 만화영화를 보여주기도 했다. 해미는 만화영화가 언제 하는지 정확히 외우고 있었다. 그 시간만큼은 아무것도 하지 않고 온전히 만화영화만 보았다. 그렇게 혼자 시간을 보내고 나면, 작은오빠인 천수가 학교에서 돌아와 인형의 눈을 붙이는 걸 도와주었다.

해미에게 한글을 가르쳐준 사람은 엄마가 아닌 천수였다. 해미는 여섯 살에 한글을 떼었고, 덧셈과 뺄셈을 할 줄 알게 되어 천수의 숙제를 돕기도 했다. 큰오빠인 진수는 무뚝뚝하고 해미에게 관심이 없었다. 그는 학교가 끝나면 운동장에서 축구를 하다가 어스름이 내려올 때쯤이나 집에 돌아왔다.

엄마가 집에 올 때까지 남매들은 배고픔을 참아야 했다. 일곱 시가 넘어서 그녀가 집에 들어오면 세 남매는 둥지에서 어미 새를 기다리는 새끼 새처럼 배고프다고 노래를 불렀다. 엄마는 주방에 들어가 냄비에 물을 올리고 라면 세 개를 꺼냈다.

"오늘도 라면이야?"

진수가 일그러진 얼굴로 투정을 부렸다.

"응, 오늘은 라면 먹고, 내일은 맛있는 밥 해줄게."

쌀을 살 돈이 없어서 라면을 먹는 것이 아니었다. 엄마의 피곤한 몸으로 쌀을 씻고 부족한 반찬을 채우려면 시간이 많이 들기 때문이다. 해미가 나서서 큰오빠의 공격을 막았다.

"왜! 난 라면 좋은데. 오빠는 엄마가 주는 대로 먹을 것이지 왜 반찬 투정을 하는 거야!"

해미의 응수에 진수가 일그러진 표정을 풀었다.

"누가 싫다고 했니? 그냥 무얼 먹는지 궁금했을 뿐이야."

달걀이 들어가면 더 맛있을 텐데. 해미는 어설픈 젓가락질로 면발 한 가닥을 붙잡아 입속으로 끌어올렸다. 우물에서 물을 긷는 밧줄이 흔들거리며 세상 빛을 보러 올라오는 것처럼.

판자촌의 집들은 다닥다닥 붙어있었다. 집의 구조는 방 한 칸과 작은 주방 한 칸이 전부였다. 주방에는 가스레인지 하나와 쌀통이 공간을 가득 채우고 있어서 밥을 먹기에는 비좁았다. 밥상을 방으로 옮겨서 밥을 먹어야 했다. 엄마 혼자서 상을 날랐었는데 언젠가부터 오빠 둘이 상을 함께 들고 방으로 들어왔다. 옆집에서 고기를 굽는 냄새가 나면 해미와 천수는 창가에 서서 목을 길게 빼고 기웃거렸다. 아주머니가 웃으며 들어오라고 손짓을 하면 남매는 망설임 없이 뛰어 들어갔다. 그녀는 아마도 일부러 창문을 열고 고기를 구웠던 것 같다. 아주머니는 엄마와 큰오빠까지 불러오라고 해미에게 심부름을 시켰다. 고기를 먹을 수 있는 날이 거의 없던 해미와 가족들은 그렇게 고픈 배를 채우곤 했다. 어떤 날은 옆집 아저씨가 낚시해서 잡아 온 물고기들로 매운탕을 끓여주었다. 해미는 아무리 오랜 세월이 흘러도 아주머니가 끓여준 메기 매운탕의 맛을 잊을 수 없었다.

옆집 아주머니네는 자식이 없었다. 자식이 없다고 슬픈 건 아니겠지만, 해미는 가끔 안쓰럽게 느껴졌다. 그럴 때일수록 아주머니에게 애교와 어리광을 부렸다. 엄마한테는 통하지 않았지만, 아주머니는 진짜 딸을 가진 표정을 지으며 해미를 아껴주고 보듬어주었다. 해미는 아주머니의 등을 자주 보았다. 그녀가 하늘에서 내려 온 진짜 천사일 수도 있기 때문이었다.

햇살이 부서지는 살가운 오후에 해미와 친구들이 고무줄놀이를 하고 있었다. 실수로 고무줄을 놓쳐서 주리의 다리를 따끔하게 했다. 친구는 땅이 부서져라, 세게 걸어오며 화를 표출했다. 미안하다고 사과를 했지만, 친구는 해미의 머리카락을 쥐어 잡았다. 머리가 뽑힐 듯이 아팠다. 이에는 이 눈에는 눈, 해미는 주리의 머리카락을 두 손으로 잡아당겼다. 얼마나 아팠는지 친구가 판자촌 전체 주민들이 들을 만큼 큰소리로 통곡하는 바람에 많은 어른이 몰려들었다. 여자아이 둘을 떼어 놓는 데에는 어른 네 명의 힘이 필요했다. 해미와 주리는 사자를 연상케 하는 갈기처럼 쥐어뜯은 흔적이 그대로 남아있었다. 울고 있는 주리의 부모님이 딸을 안으며 머리칼을 정리해주었다. 그리고 눈물을 닦아 주며 안아주었다. 해미는 엄마가 시장에서 일하고 있어 머리카락을 만져줄 사람이 없었다. 이윽고 주리의 부모님이 해미에게 다가가 머리를 쥐어박았다. "내 딸을 왜 때리니? 조그만 게 째려보는 것 좀 봐. 네 엄마 어디 있어?"라며 대답할 틈을 주지 않았다. 해미는 분을 못 이겨 아무런 대답도 하지 않았다. 그때였다. 절대로 풀리지 않을 파마머리를 휘날리며 옆집 아주머니가 달려오고 있었다. 그 모습은 마치 슬로모션처럼 느껴졌다. 해미는 머리가 아팠지만, 미소가 자꾸 삐져나왔다.

"애들끼리 싸운 걸 가지고 왜 우리 해미한테만 뭐라고 해요!"

옆집 아주머니의 말에 주리의 아버지가 눈에 불을 켜고 턱을 높이 올렸다.

"삼자는 빠지세요. 애비 없는 걸 티 내는 것도 아니고, 저저, 눈 좀 봐. 어디서 배운 거냐, 요놈의 계집애!"

옆집 아저씨가 어느새 해미 옆에 서 있었다. 정말 듬직했다.

"누가 아버지가 없어! 내가 해미 애비요. 당신들 딸 교육이나 똑바로 하쇼! 부모가 저러니 애가 그 모양이지!"

"얘, 아빠 아닌 거 압니다. 우리 딸 머리 뽑힌 거 안 보여요?"

"우리 해미도 마찬가지예요. 그렇다고 아이를 때립니까. 무식하게!"

옆집 아저씨가 먼저 멱살을 잡았다. 또 다른 어른들이 아저씨와 주리의 아버지를 말리는 데 힘을 쏟았다. 해미는 눈물을 흘리기 시작했다. 뜨거운 눈물이었다. 아파서 우는 것도, 슬퍼서 우는 것도 아니었다. 행복해서 쏟는 눈물이었다. 해미의 눈물로 해미의 성은 고요하게 물들었다.

솜사탕과 번데기

판자촌 사람들은 집안에 화장실이 없었기 때문에 공중화장실을 이용해야 했다. 해미에게 밤에 화장실을 가는 건 무서운 일이었다. 어린아이들은 늦은 밤이 되면 재래식 화장실에 용변을 보러 엄마나 오빠들을 데리고 움직이거나 집에 있는 요강을 이용했다. 해미가 늦은 밤 천수의 팔을 잡고 흔들었다. 깊은 잠이 든 천수가 깨어나지 못했다. 그 옆에 큰오빠를 잠깐 보았다. 진수 오빠를 깨워본 적이 있었는데, 화장실도 혼자 못 가냐며 불같이 화를 냈었다. 그냥 참고 잘까. 고사리 같은 손으로 천수의 볼을 쓰다듬었다. 천수가 해미에게 자주 하는 행동이었다. 보드랍고 사랑스러웠다. 눈을 뜬 천수가 웅크리고 있는 해미를 보며 물었다.

"화장실?"

"응, 오빠. 나 오줌 마려워. 아까부터 참고 있었어."

"그럴 땐 오빠 꼬집어서 깨우라니까. 어서 가자."

남매는 손을 잡고 어둠 속을 걸었다. 해미는 제 몸집보다 큰 민소매 티셔츠를 입고 발보다 훨씬 큰 슬리퍼를 신었다. 그 모습이 퍽, 귀엽게 보였다. 불빛 하나 없는 골목길도 그들이 걸으니 달빛이 반갑다며 환하게 비추었다. 비몽사몽으로 화장실의 문을 열었다. 아무도 없었다. 천수가 화장실 벽을 더듬거리며 스위치를 찾았다. 작은 불빛이 희미하게 켜졌다. 해미가 가장 앞칸의 나무문을 잡아당겨 열었다. 회색 바닥은 수십 년의 세월이 흐른 것처럼 검게 때가 타 있었고, 직사각형으로 구멍이 뚫려있었다. 그 밑으로는 온갖 배설물이 악취를 풍기고 있었다. 해미보다 작은 남자아이들이 구멍에 발을 종종 빠뜨리곤 했다. 화장실에서 울음소리가 들려와 어른들이 달려가 보면 분명 한쪽 다리가 네모난 구멍에 빠져 있었다.

"오빠, 노래 불러줘."

천수가 손으로 졸린 눈을 비볐다.

"뭐 불러줄까?"

쪼그려 앉은 해미가 무서웠는지 오줌이 나오질 않았다.

"솜사탕!"

천수가 목을 가다듬었다.

"나뭇가지에 실처럼 날아든 솜사탕. 해미처럼 희고도 깨끗한 솜사탕!"

해미가 까르르 웃음소리를 냈다. 천수도 잠깐 웃었다가 노래를 이어 불렀다.

"오빠 손 잡고, 나들이 갈 때 먹어 본 솜사탕."

어느새 오줌을 다 누고 문을 열고 나왔다.

"오빠, 다음에 솜사탕 사서 나눠 먹자."

천수가 해미의 손을 잡았다.

"그래."

여전히 달빛이 그들의 길을 비추어주었다. 잡은 손을 흔들며 솜사탕을 함께 부르며 집으로 돌아갔다. 이불 속으로 들어가자 해미는 금세 깊은 잠이 들었다. 천수 옆에 누워 아기처럼 몸을 웅크린 채.

생선 가게 딸이라고 매일 생선을 먹는 건 아니었다. 고등어는 팔고 남았을 때 가끔 맛볼 수 있었고, 갈치나 조기는 큰오빠 생일에나 구경할 수 있었다. 해미는 생선보다 달걀 프라이나 분홍 소시지가 훨씬 더 좋았다. 하지만 그것도 구경하기 힘든 반찬이었다. 콩나물무침과 김치만이 매일 밥상에 올라올 뿐이었다. 엄마가 영양을 생각했는지 멸치도 가끔 볼 수 있었다.

해미가 여덟 살이 되자 생선 가게에서 조금 떨어진 잡화점에 가서 책가방과 신발, 실내화 주머니를 선물 받았다. 엄마는 6학년 때까지 써야 한다고 신신당부했다. 아껴서 쓰는 건 해미에게 익숙한 일이라 굳게 약속했다. 하지만 신발을 6년 동안 신는 건 불가능했다. 발이 커지면 새 신발을 사주겠지? 1학년이 된 해미는 학교를 마치고 집에 먼저 들리지 않고, 시장으로 향하곤 했다. 여느 때처럼 고소한 번데기 냄새가 소녀의 코끝을 행복하게 만들었다. 번데기 두 개라도 얻어먹으려고 시장 안을 껑충껑충 뛰어갔다. 번데기 아저씨가 이쑤시개로 한 개만 꽂아서 주는 걸 아쉬운 표정을 하며 받아먹었다. 그래도 맛있었다. 해미는 미소를 머금고 생선 가게로 향했다.

멀리 엄마와 큰오빠가 보였다. 진수가 손에 무언가를 쥐고 있었는데 잘 보이지 않았다. 한 걸음, 한 걸음 가까워질수록 진수의 손에 들린 게 무엇인지 확실하게 보였다. 깔때기처럼 말린 신문지에 가득 담긴 번데기가 분명했다. 미소는 어느새 슬픔으로 변 했다. 혼자서 번데기를 쩝쩝거리며 먹고 있는 진수에게 달려가지 못했다. 엄마가 미웠다. 해미는 아무도 몰래 발길을 돌렸다.

집으로 돌아간 해미는 인형 눈을 붙이지 않았다. 엄마의 사랑을 견딜 수 있는 유일한 방법은 그 사랑을 배신하는 것이니까. 저녁에 돌아온 엄마가 왜 인형 눈을 붙이지 않았냐고 물었다. 다른 집 아이들은 해미처럼 집에서 인형의 눈을 붙이지 않았다. 놀이터에서 시소를 타거나 그네를 타며 시간을 보냈다. 엄마에게 왜 다른 친구들처럼 지내면 안 되냐고 물었다.

"해미야, 엄마는 네가 억지로 일하는 줄 몰랐어. 난 네가 놀이터에서 노는 것보다 인형의 눈을 붙이는 게 재밌어서 하는 줄 알았지. 미안해. 앞으로는 인형 신경 쓰지 말고 나가서 놀아."

"큰오빠는 인형에 손도 대지 않잖아. 작은오빠만 도와줄 뿐이라고. 지난번에 달고나를 나와 작은오빠에게만 사줬어야지. 큰오빠까지 사주지 말고!"

해미는 엄마에게 화를 내자 저렸던 손과 발이 풀렸다. 말로 표현할 수 없는 것을 말을 통해 알게 되는 직관적인 깨달음을 느꼈다. 왜인지는 모르겠지만, 진수에게만 번데기를 사줬냐고 묻지 않았다. 엄마에게 화를 냈는데도 해미는 진수에게 아직 앙금이 남아있었다. 어떻게 복수를 할지 깊이 생각해봤다. 언젠가 번데기를 먹을 기회가 생기면 진수에게 하나도 주지 않고 작은오빠와만 나눠 먹어야겠다고 다짐했다. 그러다 잠이 들 때쯤 마음을 바꾸었다. 큰오빠에게는 조금만 주고, 작은오빠에게 많이 주어야겠다고.

다시는 인형 눈을 붙이지 않겠다고 했지만, 이튿날부터 다시 눈을 붙였다. 그걸 붙이지 않으면 엄마가 시장에서 일하고 돌아와서 잠을 못 자며 혼자서 일할 게 빤했기 때문이다. 해미는 엄마가 힘들어하는 걸 보는 게 가슴 아팠다. 큰오빠만 번데기를 사주어도 이해하기로 했다. 해미의 얼굴에 내면에서 움직이고 있는 지성이 드러나기 시작했다.

머리핀

전자레인지에 두유를 데워 머그잔에 담았다. 하얗게 일렁이는 연기가 작은 구름 같았다. 그녀는 몽상에 빠졌다. 작은 인간으로 변해 두유가 내뿜는 구름을 타고 집안을 날아다니는 상상을 했다. 해미는 입꼬리를 올리며 두유를 마저 마셨다. 얼굴에 찬물을 대자 몽상은 잠들고 현실이 깨어났다. 밋밋한 검정 트레이닝복이 그녀의 몸을 만나자 아름다운 음표가 되었다. 군살 하나 없이 호리호리하고 굴곡진 몸매는 해미가 일 중독자가 아닌 철저한 자기 관리로 무장이 되어있는 커리어우먼이라는 걸 증명했다.

해미는 수첩에 적힌 버킷리스트를 하나씩 지워갔다. 2년 전 새로 산 코발트블루 색의 외제 차를 사고 리스트 하나를 지우게 되었다. 이른 새벽에도 주차장을 가는 걸음이 즐겁고 가벼웠다. 하지만 도로에서 시비를 거는 자동차들 때문에 곤욕이었다. 운전자들은 창문 너머로 그녀의 긴 머리카락을 확인하고 나서 창문을 내렸다. 실수하지 않았는데도 그녀의 아름다운 차에 대고 욕을 해대는 남자들로 넘쳐났다. 그나마 외제 차로 바꾸고 나서는 시비 거는 놈들이 절반 이상으로 줄어든 것이다. 직진과 우회전이 같이 되는 우측 차선에서 직진 신호를 기다리고 있었다. 무식한 무법자가 뒤에서 클랙슨을 길게 울려댔다. 해미는 이럴 때마다 차에서 내려 잘잘못을 따지고 싶었다. 신호가 바뀌고 액셀러레이터에 발을 올렸다. 우회전하려던 차가 갈 길을 포기하고 해미를 추격했다. 그녀의 차 옆으로 나란히 달리며 창문을 열고 욕을 시작했다. 예전 같았으면 경찰에 신고했을 것이다. 그렇게 되면 회사가 아닌 경찰서로 출근을 하게 될 것이다. 해미는 1분 1초라도 저런 불량배에게 시간을 뺏기고 싶지 않았다. 창문에 대고 가운뎃손가락을 치켜세웠다. 그가 더 심하게 분노했다. 해미는 액셀러레이터를 더 세게 밟았다. 차선을 변경하며 그를 골려주었다. 네가 그렇게 운전을 잘해? 잡아 봐, 피라미야! 단속카메라가 있는 사거리가 보였다. 해미는 노란 불에 아슬아슬하게 넘어갔다. 피라미는 빨간불에 급하게 브레이크를 밟았다. 그는 벌금 내는 게 아까운 모양이었다. 해미는 창문을 열고 손을 내밀었다. 가운뎃손가락이 잘 보이도록 그에게 힘껏 흔들었다.

필라테스 숍은 회사 근처에 있었다. 몸매가 드러나는 레깅스에 브라톱을 입고 기구에 몸을 맡겼다. 30분을 했는데 비가 쏟아지듯 땀이 흘렀다. 뜨거운 땀은 그녀에게 열정과 기쁨을 전해 주었다. 샤워실에서 뜨거운 물로 뜨거운 땀을 쓸어내렸다. 또 다른 그녀가 된 기분을 만끽하며 거울에 비친 알몸을 보았다. 8분음표의 기둥과 꼬리의 조화처럼 관능적이고 아름다웠다.

회사에 가장 일찍 도착하던 그녀가 요즘은 다른 이에게 일등을 빼앗기고 있었다. 아홉 살 어린 사원, 실력이 부족해 노력하는 남자. 그는 많은 디자인을 만들고 있었다. 해미가 승인해주는 시안이 어떤 것인지 알 길이 없어 질보다 양을 택한 것이다. 진무가 가르쳐보았는데도 해미의 마음에는 들지 않았다. 그녀는 우겸의 어깨에 무거운 짐을 맡겨보기로 했다. 밤을 새우며 자신의 첫 디자인을 만들었던 날을 떠올리며 5층 상가에 걸릴 간판 아홉 개를 그에게 일임했다. 며칠 밤을 새우며 남긴 눈가에 내려앉은 다크서클은 새롭게 시작된 그의 열정으로 보였다. 해미는 슬리퍼로 갈아신고 재킷을 벗어 의자에 걸었다. 우겸의 뒤에 서자 모니터에 그녀의 아름다운 몸매가 비쳤다. 그는 더 집중할 수 없었다. 해미의 등장에 심장이 빠르게 드리블했다.

"일찍 나와서 일하는 건 좋은데 이왕이면 효율성 있게 일하면 더 좋겠어요."

그는 떨림을 들키지 않으려고 헛기침을 세게 뱉어냈다.

"일부러 많은 디자인을 만들어봤어요. 이 중에서 마음에 드시는 게 있으면 좋겠습니다."

그녀가 허리를 굽혀 우겸의 어깨 위에 얼굴을 들이밀었다. 파운데이션과 립스틱의 향기가 코끝을 자극했다. 순간 우겸은 인간에게 후각을 내려준 신에게 감사했다. 그녀의 향기에 온몸에 세포가 폭죽을 터뜨렸다.

"우겸 씨는 시안을 누굴 위해 만들죠? 나한테 잘 보이려고 만드셨나요?"

향기에 취한 그는 등 뒤로 돌아보지 못했다.

"여기 상가에 가봤어요?"

멋대로 날던 영혼이 제자리를 찾았다.

"아뇨. 사진으로만 봤습니다."

"직접 가서 보는 것과 많은 차이가 있을 거예요. 분위기를 보고 건물에 드나드는 연령층도 파악해보면 어떤 디자인이 건물에 걸려야 할지 감이 잡힐 거예요."

우겸이 모니터 속에 해미를 보며 고개를 끄덕였다.

"뭐해요? 가봐요."

"지금이요?"

그녀는 차갑고 친절한 미소를 지었다. 자리로 돌아가는 뒷모습을 보고, 또 한 번 반했다.

"사흘 안으로 디자인 시안 넘겨주세요."

택시를 타고 리모델링 공사가 한창인 건물 앞에 내렸다. 회색빛 건물에 주홍빛 페인트를 입히고 있었다. 태양이 그곳을 비추니 잘 익은 홍시가 생각났다. 그곳에는 마트와 미용실, 학원들이 들어올 예정이었다. 그는 동네를 다섯 바퀴 넘게 돌아보았다. 학교가 네 개나 있었다. 초등학교 두 곳과 중학교, 고등학교가 하나씩 있었다. 학부모들이 주 고객이 될 것이라는 건 누구라도 알 수 있었다. 근처에 사람이 자주 오가는 건물들을 찾아다녔다. 그는 해미의 말대로 어떤 콘셉트로 디자인을 해야 할지 떠올랐다. 사무실로 돌아가서 많이 만들어놓은 디자인 중 건물에 어울릴만한 것을 추려서 수정을 시작했다. 간판 아홉 개를 수정하는 데에는 두 시간 채 걸리지 않았다. 해미가 그의 디자인을 보고 고개를 끄덕였다. 우겸의 바람대로 따뜻하고 고마운 미소를 지었다.

"감사합니다, 차장님."

"수고했어요."

살짝 지은 미소가 그의 가슴을 두근거리게 했다. 모닥불이 튄 듯한 얼굴로 해미에게 시선을 고정했다. 다른 곳으로 돌려보려고 했지만, 회전 기능이 고장 난 선풍기처럼 그녀에게서 시선을 떼지 못했다.

해미에게만 들리는 노을 지는 소리가 들리자 태연히 자리에서 일어나 창가로 다가갔다. 하늘 아래 잠시 피어난 오렌지색 노을은 어둠에 묻혀버리는 데 길지 않은 시간이 들었다. 어둠 위에 그 꽃이 떠올랐다. 언제부터인지 가늠할 수 없었다. 꿈과 상상 속의 꽃은 그녀를 현실로부터 달아나게 했고 영혼을 잠시 빼앗아갔다. 미래를 현재에서 분리한 채 달콤한 무기력감에 빠져들었다. 덕분에 해미는 머리를 비울 수 있었고 감정을 청소할 수 있었다.

진무와 부하직원 둘은 일곱 시가 되자마자 부리나케 빠져나갔다. 우겸은 여전히 디자인 연습을 하느라 여념이 없었다. 노력이 가상해서 해미가 그에게 다가갔다.

"제일 어려운 게 뭐죠?"

"심플한 디자인이요. 늘 고객들은 심플한 걸 바라죠. 막상 심플한 디자인을 내밀면 심심하다고 지적하고요."

"그건 고객이 자신을 어필하는 거지. 나는 복잡하고 꽉 막힌 사람이 아니니 심플한 디자인이 나에게 어울릴 것이라고 자기를 포장하는 거죠. 말하는 대로 듣지 말고 그 사람에게 어울리는 디자인을 하면 만족할 거예요. 그들이 말하는 심플함에 맞춘다고나 할까."

해미의 가벼운 모습에 우겸이 이때다 싶어, 맞장구를 치며 대화를 이어갔다.

"맞아요. 대화하다 보면 고지식함이 온몸에서 뿜어져 나오는데도 자긴 쿨한 사람이라고 우기는 꼴이 한심해 보였어요."

그녀가 어린아이를 대하는 미소를 지었다.

"디자인도 경험이에요. 매일 앉아서 연습하는 것도 좋지만, 사람을 많이 겪어봐야 해요. 뭐, 앞으로 영업을 많이 할 거니까……."

"명심하겠습니다. 차장님, 그런데 퇴근 안 하세요?"

해미가 깍지를 끼고 팔을 앞으로 쭉 뻗었다. 흐트러짐을 보인 적 없는 그녀가 하품까지 보였다.

"가야죠."

갑자기 우겸이 선물을 내밀었다. 선물의 의미에는 감사와 사랑이 공존했다. 기회를 엿보며 아무도 몰래 그녀에게 전할 순간을 고대했다. 그리고 지금이 바로 그때였다. 놀라움, 혼돈, 기쁨, 민망함에 해미는 눈꺼풀을 내리깔고 감사의 미소를 지었다. 그녀의 미소에 우겸도 기쁨의 미소를 지었다. 선물상자에 묶인 리본을 풀었다. 조개 모양의 머리핀이었다. 진짜 조개처럼 생겨서 놀랐다. 해미는 매우 만족한 얼굴로 그를 보았다.

"차장님 이름처럼 아름다운 바다에 존재하는 걸 준비했어요. 잘 어울리실 것 같아서요."

해미는 머리핀을 하지 않고 핸드백에 넣었다. 우겸은 섭섭한 마음을 숨겼다.

"고마워요. 우겸 씨."

"차장님, 저랑 저녁 같이 드실래요?"

그는 그 말을 하기까지 오랜 시간이 걸렸다.

빨간 책가방

엄마가 사준 책가방은 빨간색이었다. 그 색을 택한 건 엄마였다. 누군가 유괴를 하게 되면 빨간 가방이 단서가 될 거라는 설명을 해주었다. 해미는 '내가 유괴라도 당하길 바라는 거야?'라는 미움의 눈으로 엄마를 쏘아보았다. 당연히 사랑하는 딸을 잃어버리지 않으려는 엄마의 선택이었다고 해미를 타일렀다. 사실 해미가 마음에 들어 하는 노란색 책가방이 때가 잘 타서 빨간색을 고른 것이었다. 진수는 매년 가방이 바뀌었다. 그가 가지고 싶은 거라면 엄마는 작은 망설임도 없이 사주었고, 운동화도 작은 구멍이 생기면 바로 바꿔주었다. 그를 보며 자신에게도 매년 가방과 신발을 사 줄 거라 생각했다. 하지만 그 생각은 해미의 엄청난 착각이었다.

천수는 엄마에게 무얼 사달라는 말을 한 적이 없었다. 욕심 많은 진수와는 너무나 달랐다. 때가 탄 책가방을 아까워서 버리지 못하고 운동화도 스스로 빨아서 신었다. 진수가 쓰다 질리는 물건이 있으면 천수에게 물려주었다. 해미는 인심 쓰듯이 던지는 그의 태도가 미웠지만, 천수가 좋은 물건을 가지는 게 좋아 보여 입을 다물었다. 그것 중 해미에게 필요한 물건으로 보이면 양보해 주었다. 해미는 작은오빠 손을 타고 온 물건들이 특별하게 느껴졌다. 그의 온화한 성격과 포근한 마음이 배어서 온 것 같아 새 물건보다 좋았다.

오빠들이 밖에 놀러 나가고 집안에 엄마와 해미가 단둘이 밥을 먹고 있었다. 해미는 속에 묵혀두었던 이야기를 꺼내기로 했다.

"엄마, 엄마는 왜 큰오빠만 사랑해?"

길게 한숨을 쉰 엄마가 생선 비린내가 배어 있는 손으로 해미의 머리칼을 넘겨주었다.

"그게 무슨 말이니. 엄마는 다 똑같이 사랑해. 진수 오빠, 천수 오빠, 그리고 해미 공주까지 모두 똑같이 사랑해."

"그럼 왜 큰오빠만 사줬어?"

엄마의 얼굴에 물음표가 떠올랐다. 정말 아무것도 모르는 순진한 눈빛이었다.

"시장가는 길에 오빠가 번데기를 먹고 있는 걸 봤어. 그것도 몇 번이나. 내가 사달라고 해도 절대로 사주지 않았으면서."

엄마의 눈동자가 흔들렸다. 그녀는 딸을 무릎 위에 앉혔다.

"그게 서운했구나. 다음에는 해미만 사줄게. 약속."

해미는 진수의 가방만 바꿔주지 말고 천수와 자신의 가방과 신발도 매년 더 좋은 것으로 바꿔 달라고 했다. 엄마는 고개를 주억거리며 약속했다. 하지만 해미가 2학년에 올라가도 빨간 가방은 바뀌지 않았다. 빨간 가방에 그려진 요술 막대를 들고 공주 옷을 입고 있는 만화 캐릭터가 점점 거슬렸다. 유치하게 보일 때

즈음 엄마에게 다른 가방을 사달라고 졸랐다. 하지만 그녀는 낡은 가위로 가방의 캐릭터를 뜯어냈다. 이제 유치한 그림은 없으니 가방에 문제가 없겠다고 말하며 해미와의 약속을 어겼다. 그림을 뗀 부분만 깨끗한 빨간색이었다. 때가 탄 빨간색과 공존해 있어 가방이 더 못나 보였다. 그 가방을 멘 채 유괴라도 당했으면 좋겠다고 생각했다. 만일 그렇다면 새 가방을 사주겠지. 김진수처럼.

사랑의 온도

가운데 누군가 껴있는 것도 아닌데 그들은 틈을 두고 걸었다. 어색한 기분이 파도처럼 그들을 덮쳤다. 해미의 단아한 원피스는 달빛을 받아 하얗게 빛이 났다. 우겸은 그 모습에 다시 한번 마음을 알아차렸다. 그녀를 사랑한다는 걸.

회사 앞에 초밥집에 들어서자 고급스러운 생선의 향기가 스트레스를 가라앉혔다. 해미가 어릴 적 맡았던 생선들과는 달랐다.

"내가 밥을 한 번도 안 샀네. 오늘 많이 먹어요. 우겸 씨."

"제가 사겠습니다, 차장님."

남자라고 자존심을 세우는 것 같진 않았다. 그의 배려에 해미의 입꼬리가 실룩거렸다.

"마음만 받을게요. 어서 먹어요."

회전하는 접시 하나를 잡아 그에게 건네주었다. 연어의 붉은 속살이 숨을 쉬는 것 같았다. 입안에 털어 넣자 몇 번 씹지도 않았는데 녹아버렸다. 우겸이 사케를 주문했다. 해미도 모처럼 알코올이 필요했는지 고개를 끄덕이고 잔을 부딪쳤다.

"일하기 힘들지 않아요?"

"힘들긴요. 재밌게 배우고 있습니다."

지난번 그에게 경고했던 말을 이번엔 웃으며 말했다.

"여긴 학교가 아닌데. 결과물로 말하는 곳이라니까."

많은 말이 오가지는 않았다. 그들은 각자 생각에 잠기기도 했다. 두 사람은 식당에 들어서는 사람들이 연인이라고 오해할 만큼 잘 어울렸다. 초밥을 얼마나 많이 먹었는지 배에 힘을 주어도 들어갈 생각을 하지 않았다. 해미는 내일 아침에 필라테스 숍에 가서 몽땅 빼주어야겠다고 다짐했다. 사케 두 병을 더 마시고 나서야 자리에서 일어섰다. 해미는 술에 져본 적이 없었다. 토를 하거나 정신을 잃어본 경험은커녕 정신이 맑아지는 데 걸리는 시간도 얼마 걸리지 않았다.

흐느적거리며 걷는 우겸의 팔을 잡고 도로를 향해 걸었다. 택시를 향해 손을 흔들려고 했지만, 아스팔트 위에는 검은 그림자뿐이었다. 흔들거리던 그가 갑자기 바로 서더니 해미의 얼굴을 붙잡고 입술을 빼앗았다. 상상만 한다는 걸 실제로 해버린 것이다. 해미가 두 손으로 밀어내고 그의 따귀를 올려 쳤다. 소리가 얼마나 컸는지 시커먼 도로가 메아리를 쳤다. 우겸이 한쪽 볼에 손을 올리고 말했다.

"저, 차장님 좋아합니다."

그의 목소리는 당황함과 진심이 묻어있었다.

"미친놈!"

"미안합니다. 그런데 진심입니다. 차장님을 좋아한다고요."

그녀는 손등으로 입술을 박박 문질렀다.

"차장님, 기분 나쁘셨다면 죄송해요. 하지만……."

얼굴이 붉어진 해미가 조용히 읊조렸다.

"꺼져."

그녀는 눈물이 났다. 허락도 없이 입술을 빼앗을 거라고는 생각도 못 했다. 입술에서 시작한 섬세한 떨림이 온몸으로 불안하게 퍼지는 게 느껴졌다. 이튿날 온종일 우겸의 눈을 피했다. 그가 무슨 말이라도 할까 봐 투명한 벽을 세워둔 채 그의 눈길을 차단했다. 선배들이 옥상에 간 틈을 타 우겸이 해미에게 쪽지를 건네주었다.

'점심시간에 얘기 좀 해요.'

그녀는 쪽지를 구겨서 휴지통에 집어넣었다. 그가 보는 앞에서 한 행동이기에 대답이 되었으리라. 모두가 퇴근하고 둘만 남았다. 창밖은 어둠으로 물들어있었다. 우겸은 흥분을 가라앉히고 어떤 말을 건넬지 머릿속으로 정리를 했다. 어젯밤 키스는 실수 가 아니라 진심이었다고 말하기로 했다. 의자를 뒤로 밀고 일어났다. 그의 심장이 방망이질하고 있었고, 해미의 심장도 마찬가지였다.

"차장님!"

해미는 그의 두껍고 용감한 목소리에 칼날을 휘둘렀다.

"우겸 씨, 어제 일은 그냥 넘어가요! 다음에 같은 실수를 한다면 가만두지 않을 거예요."

그의 눈에 눈물이 그렁그렁 맺혀있었다. 당장이라도 눈물을 떨어뜨릴 것 같았다.

"전……. 전, 진심입니다. 차장님을 사랑합니다."

해미는 말없이 눈만 깜빡거렸다. 관심의 눈길은 많이 받아봤지만, 이런 고백은 처음이었다. 그의 용기는 해미의 칼날도 녹여버렸다. 해미는 온몸이 뜨거워졌다. 둘은 한참을 마주 보며 서로의 눈을 보았다. 그리고 해미가 다시 칼날을 들어 올렸다.

"이봐요, 우겸 씨. 난 당신의 직장 상사입니다. 내가 그렇게 만만해 보이나요."

그의 떨리는 목소리는 순수한 어린아이 같았다. 떨고 있는 그의 몸은 옷으로도 가려지지 않았다.

"차장님, 어제 일은 실수가 아니었어요. 저, 정말 진심입니다."

해미는 그가 진심이라는 걸 느낄 수 있었다. 하지만 언제나처럼 마음을 닫기로 했다.

"사랑? 박우겸 씨, 재산이 얼마나 되시죠? 집은 있으세요? 차는요? 아직도 교통카드 들고 다니시죠?"

딱딱하게 굳어버린 우겸을 향해 말을 이었다.

"내 나이에는 그런 게 다 있는 남자를 만나야 합니다."

말문이 막혀버린 그는 무슨 말이라도 하려고 했다.

“아무것도 없습니다. 가진 게 없지만…….”

해미의 얼굴에서 차가운 기운이 맴돌았다.

“나에겐 그런 게 사랑입니다.”

우겸은 아무 말도 하지 못한 채 가만히 서 있었다. 움직일 수 없을 만큼 가슴이 아파왔다. 그걸 알아차렸는지 해미가 의자를 뒤로 밀고 일어났다.

“내일 봅시다.”

그는 점점 멀어져가는 그녀를 잡지 못했다.

사랑은 열병과 같았다. 우겸은 이미 빠져버린 열병 때문에 매일 아침 불덩이 같은 온몸을 억지로 일으켜 찬물로 식혀야만 정신이 들었다. 잠을 자다가도 해미 생각이 나서 깨어나기를 반복했다. 마음을 전하고 거절당한 이후 금세 꺼질 줄 알았던 사랑의 불씨는 막을 수 없는 산불처럼 번졌다. 그는 마음이 변하지 않았음을 알리고 싶었다. 아침마다 그녀가 즐겨 마시는 브랜드의 카페에서 커피를 사서, 해미의 책상에 올려놓았다. 그녀는 우겸이 준 걸 알고 있었지만, 모른 척하며 커피를 마셨다. 이러다 말겠지. 그녀는 자신의 감정을 알지 못했다. 해미가 유일하게 사랑한 남자는 작은오빠인 천수뿐이었으니까. 우겸이 멋지고 괜찮은 남자이지만, 늘 그래왔듯이 거절할 것이다.

며칠 뒤 우겸이 꽃다발을 준비해서 회사 지하주차장에 숨어 있었다. 그녀가 나타나자 색색의 꽃들을 내밀었다. 분홍색 라넌큘러스 두 송이와 하얀 튤립과 노란 튤립, 초록빛이 귀여운 보리사초가 어둠 속에서 아름답게 빛을 냈다. 그녀는 차분하게 행동하려 했지만, 입술의 미세한 떨림이 그를 기대하게 했다. 온몸이 떨렸지만, 그녀가 입고 있는 옷이 감춰주고 있다고 생각했다. 우겸이 해미의 마음을 움직이게 만든 것이다. 그것은 지구의 지층이 움직이는 것만큼이나 감정이 배제된 자연스러운 균열과 접근의 결과였다. 해미는 그의 외모를 차근차근 뜯어보았다. 이렇게 멋진 남자가 마흔 넘은 자신을 사랑한다니. 아무것도 모르는 막냇동생뻘인 남자는 회사의 기본적인 규칙을 모르는 것 같았다. 물론 상사와 연애가 금지되었다는 조항은 없다. 하지만 소문이라도 나면 해미와 우겸은 오징어처럼 씹힐 것이 분명했다. 해미는 고개를 절레절레 흔들며 이성을 찾았다. 그와 커플이 된다면 진급에도 차질이 생길 게 빤했다. 그녀는 지금이 아닌 내일을 봐야 했다. 결국 해미는 꽃을 받지 않고 차가운 눈빛을 보냈다. 이래도 소용없어. 우겸은 아무 말도 하지 못하고 그대로 서 있었다. 해미는 꽃을 버려둔 채로 차에 시동을 걸었다. 유리창 너머의 그를 바라보았다. 우겸은 슬픈 얼굴이었지만, 해미를 향해 여전히 작은 미소를 짓고 있었다.

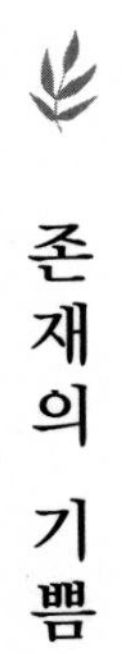

존재의 기쁨

학교생활이 점차 지루할 때쯤 해미네 집에 누군가 찾아왔다. 오빠 둘은 누군지 알아보았지만, 해미는 기억에 없는 남자였다. 그는 엄마의 남동생이라고 소개했다. 학교에서 배운 '외삼촌'이라는 단어를 해미 입에서 꺼낼 줄은 꿈에도 몰랐다. 해미는 외삼촌이 있으면 좋겠다고 여러 번 상상했는데 그게 현실이 된 것이다. 그는 서울에서 직장을 다니다가 일을 너무 못해서 잘렸다고 말했다. 어른이 그렇게 솔직한 건 처음 보았다. 보통 어른들은 자신의 치부를 가리고 주변을 탓하는 게 보통이니까.

며칠 전 일이 떠올랐다. 담임선생님이 칠판에 수학 문제를 풀다가 틀려서 눈치를 보다가 말을 꺼낸 적이 있었다.

"선생님, 두 번째 문제 곱하기를 잘못하셨는데요. 답이 틀렸어요."

얼굴이 붉어진 선생님은 관자놀이에 핏줄이 터질듯한 얼굴로 해미를 노려보았다.

"선생님은 실수할 수도 있는 거야."

"우리가 실수하면 손바닥을 맞았겠죠."

교실 안은 고요함에 잠겼다. 선생님의 거친 숨소리를 모두가 들었다. 그녀는 아무 말도 하지 않고 감정이 가라앉을 때까지 기다렸고 무사히 수업을 마치기 위해 해미에게 시선을 두지 않았다. 그리고 수업이 끝나자 영웅이 된 것처럼 아이들이 해미에게 몰려들었다.

외삼촌은 해미의 손을 잡고 시장 구경을 하며 이것저것 사주었다.

"해미야, 가지고 싶은 거 있으면 말해봐. 삼촌이 사줄게."

목을 뒤로 거의 끝까지 젖혀야 삼촌의 얼굴이 겨우 보였다.

"정말이에요?"

"응."

해미는 손가락으로 번데기 아저씨가 있는 곳을 가리켰다. 신문지를 고깔모자처럼 말아서 번데기를 가득 담아 해미에 손에 쥐여주었다. 이쑤시개가 필요 없었다. 입을 크게 벌리고 여러 마리의 번데기를 입안에 털어 넣으면 되니까.

"삼촌도 드실래요?"

그가 고개를 천천히 가로저었다.

"아니, 난 번데기 안 먹어."

"네? 이 맛있는걸요?"

그는 어깨를 으쓱하며 미간에 번데기 같은 주름을 지었다.

"번데기를 보면 꼭 나를 보는 것 같아서 못 먹겠더라."

해미가 갈대처럼 고개를 갸우뚱했다.

"삼촌이 왜 번데기를 닮아요?"

"나비가 되지 못하고 죽음을 맞이한 게 꼭 나를 보는 것 같아.

날지도 못하고 가엽지."

"사람이 날 수 있어요?"

"새처럼 하늘을 난다는 게 아니라……, 다른 의미로 날 수 있다는 거지. 그건 해미도 크면 알게 될 거야."

해미는 삼촌의 말을 이해하고 싶지 않았다. 지금은 하늘을 나는 것보다 맛있는 번데기를 먹는 게 훨씬 더 행복했으니까.

"노란색 가방을 가지고 싶어요."

그의 입가에 미소가 드리웠다. 눈꼬리 옆에 주름이 세게 접혔고, 코 옆으로 팔자주름이 미소를 만들었다.

"노란색을 좋아하는구나."

"네, 작년에 엄마한테 가방을 선물 받을 때 노란색을 갖고 싶었는데 엄마가 마음대로 빨간색을 사줬어요."

"그럼, 사줘야지!"

해미가 또, 고개를 갸우뚱했다.

"삼촌은 반대하지 않으세요? 때가 빨리 타는 노란색 말고 다른 색을 고르라고 안 하시네요."

그가 하얀 치아를 드러내며 웃었다.

"해미야, 어떤 색을 사든지 다 때가 타기 마련이야. 가방 주인이 관리를 잘해주면 오랫동안 그 색깔을 빛낼 수 있겠지만."

해미가 듣고 싶었던 말이었다. 그녀는 외삼촌의 손을 더 세게 잡았다. 처음 만났지만, 그가 너무 좋았다. 잡화점에 가서 병아리 처럼 노랗게 물들어있는 책가방을 골랐다. 이윽고 외삼촌이 주인아저씨한테 매직펜을 빌려달라고 했다.

"해미야, 이대로 집에 가면 엄마가 다른 색으로 바꾸려고 할 거야. 바꾸지 못하게 가방에 네 흔적을 남겨볼까?"

해미는 고개를 빨리 끄덕였다. 주인아저씨가 매직펜을 건네자 외삼촌이 해미 손에 쥐여주었다. 어떤 표시를 할까 생각하다가 가방 오른쪽 위 모퉁이에 작은 나비를 그렸다. 그도 만족하고 조카의 머리를 쓰다듬었다.

"잘했어. 이제 다른 데로 가볼까."

노란 가방 안에 필통과 학용품을 채웠다. 외삼촌은 오빠들에게 아무것도 사주지 않겠다고 말했다. 이유는 해미가 제일 좋아서, 라고만 대답했다. 삼촌의 손을 잡은 해미는 사탕과 엿을 파는 가게에 들렀다. 그는 사탕을 두 주먹이나 집었고 기다란 엿도 열 개나 샀다.

"삼촌, 엄마가 사탕이나 엿은 많이 먹으면 안 된다고 했어요. 이빨이 썩는다고 아주 가끔 사주셨어요. 그리고 사탕 하나를 먹으려면 인형 눈을 백 개는 붙여야 먹을 수 있다고요."

그가 긴 다리를 접어 해미의 눈높이에 맞춰 쪼그려 앉았다. 순간 해미의 볼이 분홍빛을 내며 수줍은 표정을 지었다.

"해미야, 사탕을 먹어도 이가 썩고, 안 먹어도 이는 썩어."

"네?"

"엄마가 그건 말해주지 않았구나. 어차피 이는 썩게 되어있어. 그러니까 사탕이랑 엿을 먹고 썩는 게 낫겠지."

그 말을 하며 알사탕 봉지를 까서 해미의 입안에 넣어주었다. 달콤했다. 해미는 다시 외삼촌의 손을 잡았다. 영원히 놓고 싶지 않았다. 가족이 되어 함께 사는 상상을 했다. 집으로 돌아온 해미는 엄마와 오빠들에게 자랑을 늘어놓았다. 엄마에게 외삼촌과 같이 살자고 말했고, 그녀는 고개를 끄덕였다. 해미는 외삼촌과 함께 사는 기쁨에 취한 채 잠이 들었다. 이튿날 잠에서 깨어난 해미는 허전함을 느끼지 못했다. 노란 책가방이 방구석에 덩그러니 외롭게 서 있는 걸 보고 나서야 외삼촌이 사라진 걸 알아챘다. 행복은 해미의 마음을 허락해주기 싫었는지, 외삼촌은 그 날 이후 만날 수 없었다.

연금술사

토요일 밤 해미는 빔프로젝터를 켰다. 하얀 스크린은 거실의 벽 한곳을 모두 차지했다. 파란 화면에 신호 없음 메시지가 나타났다. 거의 일 년 만에 켜본 것 같았다. 리모컨에 버튼을 여러 번 눌러 영화를 불러냈다. 프랑스 영화였는데 오프닝 곡이 베토벤의 운명을 연상시키는 웅장한 음악이었다. 화들짝 놀라 볼륨을 낮춰서 고요함과 아늑함을 찾아갔다. 무인도의 파도 소리가 외롭게 짖어대는 장면으로 시작했다.

고등학생이나 되었을 나이의 주인공이 등장했다. 동생과 납치되어 무인도에서 갇혀 살고 있었다. 어떻게 납치되었는지는 알려주지 않았다. 시커먼 남자들이 그들을 어디에 팔아넘길지 회의를 하는 장면이 해미를 불쾌하게 했다. 어린 동생만이라도 탈출시키려고 머리를 쓰는 주인공의 시점에서 영화는 흘러갔다. 지루해져 갈 때쯤 늦은 밤 동생을 작은 배 위에 태워 바다에 보낸다. 점점 멀어져가는 동생, 눈물을 머금은 주인공. 날이 밝자 총성과 함께 영화가 끝이 났다. 괜히 봤다는 생각이 들었다. 배에 함께 타서 탈출하면 되잖아. 게다가 또 피해자는 여자였다. 영화든 현실이든 범죄의 피해자는 항상 여자들이다. 해외에서는 우리나라가 치안이 좋다고 하지만, 여성 피해 사건은 여전히 끊이지 않고 있다. 희대의 살인마들은 왜 여자만 죽이는 걸까. 죽은 여자들은 티브이에 다시 등장한다. 시사프로그램에서 어떻게 죽었는지 다시 되짚어주고 영화로 제작하기까지 한다.

그녀가 알기로는 남자만 골라 죽이는 연쇄살인범은 아직 나타나지 않았다. 해미는 영화감독이 되는 상상을 시작했다. 이왕 하는 김에 주인공까지 맡아서 양손에 칼을 들고 죽여 마땅한 놈들을 죽이는 장면을 그렸다. 악역은 박치승 부장으로 정했다. 날카로운 검을 뽑아 그에게 휘둘렀다. 능숙하게 피하는 박 부장은 비소를 지으며 필살기를 준비했다. 이윽고 그의 주둥이에서 뜨거운 불을 내뿜었다. 해미는 불길을 이리저리 피하며 한 발로 벽을 짚고 몸을 360도 돌려 그의 배에 칼을 꽂았다. 깊게 꽂힌 칼날을 뽑아내자 그의 뱃속에서는 피가 아닌 괴물들이 쏟아져 나왔다. 못생기고 추악한 그것들은 꿈틀거리며 해미에게 달려들다가 숙주가 숨을 거두자 검은 재가 되었다. 엔딩 크레딧이 모두 올라가고 검은 화면이 해미의 얼굴에 드리우자 빔프로젝터를 끄고 방으로 걸어가 침대에 누웠다. 머리맡에 있는 책을 꺼내 들었다. 책을 한 장 더 볼걸. 그녀가 읽고 있는 책은 자아를 찾는 이야기였다. 양치기 청년이 꿈속의 보물을 찾으러 가는 길에 벌어지는 일들이 유쾌했다. 사기를 당하는 장면에서는 박치승 부장이 생각났다. 노력 없이 남의 것을 빼앗는 사기꾼. 열정을 되찾고 사랑을 만나며 끝이 나는 신비하고 가슴 따뜻한 소설이었다. 해미는 마지막 책장을 넘기기 싫을 정도로 깊이 빠져버렸다. 손가락에서 힘이 빠지자 책이 고요히 정지한 해미의 배 위를 천천히 움직여서 방의 침묵 속으로 떨어졌다. 그 책을 다 읽었을 때 작가와 친구가 되어 그녀가 받은 느낌을 이야기할 수 있었으면 좋겠다는 생각이 들었다.

정면에 걸려있는 둥그런 벽시계의 시침과 분침이 가장 높이 올랐을 때 집안에 완전한 어둠을 불러냈다. 그리고 깊은 잠에 빠져들었다. 오늘도 꿈속에서 꽃이 나타났다. 하지만 전과는 다른 꿈이었다. 누군가 빨간 꽃을 다발로 만들어서 그녀에게 전해주었다. 어둠 속에서 빛나는 건 꽃다발뿐이었다. 눈에 힘을 주며 어둠 속에서 꽃을 전하는 누군가를 보려고 애를 썼다. 그가 한 걸음 다가오자 꽃이 내는 빛을 받아 얼굴이 선명하게 보였다. 우겸이었다. 그는 깔끔한 슈트 차림으로 서 있었다. 몸에 맞게 수선이 된 것처럼 잘 어울렸다.

해미는 드디어 꽃을 손에 넣었다는 안념보다는 그의 얼굴에 매료되어 눈을 뗄 수 없었다. 날카롭고 오뚝한 콧날은 미끄럼틀처럼 높이 서 있었고, 짙은 눈썹과 도톰한 입술이 작은 얼굴에 모두 모여있는 게 신비스러웠다. 만화책에서 보던 백마 탄 왕자님처럼 느껴졌다. 해미는 심장의 두근거림이 느껴졌다. 꿈이 아니었나? 우겸이 해미에게 입맞춤을 했다. 그녀는 그를 느낄 수 있었다. 달콤한 키스가 끝나지 않기를 소망했다. 이윽고 우겸의 육체가 먼지처럼 흩어지더니 노랑나비로 변했다. 손에 든 꽃다발은 별이 되어 날아올랐다. 해미는 나비를 쫓기 시작했다.

해미의 성

4학년이 되고 바뀐 게 있었다. 해미는 모든 교과서의 문장들이 반말로 바뀐 것이 가장 충격이었다. 꼬박꼬박 존댓말로 가르치던 책들이 차갑게 식어있었다. 과목도 늘어나서 집에 가는 시간이 늦어졌다. 변하지 않는 건 번호였다. 45명 중 44번이나 45번을 갖는 게 기분 나빴다. 그녀는 9번을 가지고 싶었지만, 그 숫자는 아홉 번째로 키가 작은 남자아이가 가져갔다. 해미는 다시 44번이 되었다. 기분 나쁜 번호였다. 고학년의 학교생활은 매우 바빴다. 해야 하는 게 왜 이리 많은지……. 숙제와 학교를 위한 봉사가 너무 많았다. 하지만 해미는 학교에서 보내는 시간이 좋았다. 집에서 느낄 수 없는 감정들을 마음껏 가질 수 있었으니까.

해미는 자석처럼 친구들을 끌어당겼다. 지혜와 배려심이 소녀의 아우라를 만들어냈고, 그것에 반한 여자아이들이 해미에게 마음을 열었다. 친구들은 숙제를 제대로 했는지 해미에게 보여주기도 했다. 쉬는 시간이 되면 여자아이들이 맨 뒤에 앉아있는 해미에게 모여들었다. 마치 성주를 중심으로 쌓인 높은 성 같았다. 아이들은 해미에게 고민을 털어놓기도 하고 궁금한 걸 물어보기도 했다. 그럴 때마다 해미는 따뜻한 마음이 깃든 눈으로 대해 주었다.

"해미야, 너 어제 쪽지 시험 백 점 맞았지?"

“운이 좋았어. 너도 다음에 백 점 맞을 수 있을 거야.”

다음 친구가 해미에게 말을 걸었다.

“해미야, 너도 엄마가 일기장을 훔쳐보니?”

누구에게도 털어놓지 못한 고민을 해미에게 털어놓았다.

“엄마가 널 걱정하는 마음에서 일기장을 보시는 거지. 우리가 어떻게 커가는지 궁금한 건 당연한 거잖아.”

해미가 입을 열자 모두 소녀의 얼굴을 바라보았다. 순간 해미의 얼굴은 성숙하고 섬세했다.

“그렇다고 일기장을 훔쳐보는 건 곤란해. 일기장은 내 마음을 터놓고 기록하는 보물이라고.”

한 권은 나만의 일기장, 다른 한 권은 부모님이 보는 일기장으로, 두 권을 만들자는 의견이 나왔다. 문구점에 가면 자물쇠가 달린 일기장이 있다고 다른 친구가 이어 말했다. 해미의 성은 웅성댔다. 해미는 자신의 일기장을 한 번도 열어 본 적 없는 엄마가 원망스러웠다. 친구들의 고민이 부러웠다. 해미가 입을 열자 다시 고요해졌다.

“그래, 좋은 생각들이야. 하지만 그렇게까지 할 필요가 있을까. 왜 일기장에 모든 걸 적으려는 거야? 비밀은 마음속에 간직하고 그 밖의 이야기만 일기장에 쓰면 되잖아.”

아이들은 합창하듯 ‘아!’ 하며 동요했다. 이어서 또 다른 친구가 고민을 털어놓았고 해미의 성은 계속해서 시끌벅적했다.

첫사랑

옥상은 그들의 목소리가 새어나가지 않을 것 같았다. 많은 소문이 그곳에서 시작했지만, 여전히 비밀이야기가 오가는 모순된 장소였다. 진무가 우겸에게 많은 것을 가르치기도 했고, 우겸의 비밀을 털어놓기도 한 곳이었다. 그들을 비추는 노란 태양은 모든 걸 알고 있다는 듯이 방긋 웃고 있었다.

"내가 뭐라고 해야 할지 모르겠다. 차장님이 예쁘고 좋은 사람인 건 분명한데 우겸 씨가 사랑 고백을 할 줄은 꿈에도 몰랐어."

그가 하얀 담배 연기를 뿜어냈다.

"대리님도 제가 무모하다고 생각하시나요? 여자를 사랑하는데 직급이나 나이가 중요한가요?"

진무는 그의 말에 고개를 가로저었다.

"아니, 내 말은 같은 팀에서 사랑을 시작하는 게 무리가 있다는 거야. 만약 조금이라도 소문이 난다면 그 타격은 차장님 혼자서 감당해야 해. 진급에도 문제가 생기고 우리 팀도 금이 갈 수 있어."

"왜 그렇게 생각하시죠? 젊은 남녀가 사랑하는데 그런 문제가 생길 거라는 걸 미리부터 걱정해야 하나요?"

진무가 깊은 한숨을 내쉬고 우겸의 팔을 건드렸다.

"그게 회사야. 아무리 세상이 좋아졌다고 해도 바뀌지 않는 것들이 있어.”

그는 아직도 고리타분한 사회에 대해 부정했지만, 그 사회와 싸울 생각은 없어 보였다.

“이 열정만 가득한 친구야. 내 말이 귀에 안 들어오겠지. 만약 차장님과 깊어진다면 절대 들키지 마. 나를 포함한 누구에게도. 김 차장님은 나한테도 소중한 분이야. 절대로 상처 주면 안 돼.”

우겸이 그의 진심 어린 눈빛을 한참 동안 바라보았다. 그를 사랑으로부터 말리려는 얼굴이 아닌 응원을 해주는 자상한 선배의 표정이었다. 두 달이 지나고 우겸은 달라졌다. 반듯하고 잘생긴 얼굴로 영업을 뛰며 많은 실적을 가져오기도 했고, 디자인 실력도 선배들이 관여하지 않아도 될 만큼 늘어 있었다. 해미는 주차장에 버려진 꽃다발을 자주 생각했다. 그의 자존심을 밟았던 자신을 책망했다.

해미의 사랑은 체온과 같았다. 한순간에 찾아온 것이 아니라 처음부터 시작된 것이다. 마음속에서 그를 갈망했고 길을 걷다가도 그를 닮은 사람을 찾고 있었다. 그가 곁에 있어 여전히 심장이 뛰고 살아있음을 느꼈다. 그들의 기류는 서로를 끌어당겼고 영혼이 맞닿아 있음을 알 수 있었다. 새벽에 눈을 뜨면 우겸의 미소가 생각났다. 억지로 떠올린 것도 아닌데 그가 그녀의 마음의 주인이 되어버린 것이다. 노을 진 창밖을 바라보며 붉은 태양이 내려앉는 걸 바라보고 있었다. 태양의 얼굴이 그의 얼굴과 오버랩이 되는 걸 보고 흥분이 됐다. 유리창에 비친 우겸의 얼굴은 엷은 미소를 짓고 있었다.

"차장님, 죄송한데 시안 좀 봐주세요."

그녀의 시간을 방해하는 순간이었지만, 기분이 더 좋아졌다. 그의 자리로 나란히 걸어가 모니터에 떠 있는 디자인을 함께 보았다. 우겸의 잘 다려진 하얀 셔츠는 그의 성격을 대신 말해주는 것 같았다. 소매 밑 손등 위에 굵은 힘줄이 알파벳 'W' 자를 연상케 했다. 해미는 입이 말라 있는데도 침을 꼴딱 삼켰다. 기다란 손가락으로 볼펜을 돌리다가 이따금 볼펜 머리로 이마를 긁적이는 그의 모습에 자석처럼 끌렸다. 햇빛에 그은 얼굴과 목은 남자다웠고, 슈트로도 가려지지 않는 몸의 선은 관능적이었다. 넓은 어깨와 역 삼각으로 뻗은 등은 모든 여자의 눈을 빼앗을 만큼 황홀했다.

"우겸 씨, 이젠 잘하네요. 처음 들어왔을 때 이만큼 할 줄 몰랐는데 아주 잘 따라왔어요."

"와! 칭찬하시는 건가요? 그러고 보니까 아직도 저한테 말을 안 놓으시네요. 언제쯤 저를 편하게 불러주실 건가요. 차장님."

"내가 그랬나요? 아니, 그랬나. 습관이 되어서 그렇지. 앞으론

편하게 할게. 수고했어."

그의 눈빛은 감출 수 없었다. 누가 봐도 사랑에 빠진 남자의 열정이었다. 그가 여유 있는 목소리로 말했다.

"오늘 다들 시간 괜찮으시면 저녁 드시고 가세요. 제가 쏘겠습니다."

진무는 그들의 사랑을 알아챘다. 연인으로 발전하는 걸 억지로 말리고 싶지 않았다. 해미가 사랑에 빠진 모습을 보고는 그녀가 행복하길 진심으로 바랐다. 식사는 일부러 고깃집을 골랐다. 시간을 오래 끌 수 있었고, 술을 곁들일 계획이었으니까. 그녀도 그의 계략을 알고 있었다. 그가 다시 고백하길 기다리고 기다렸다. 우겸이 전해 준 조개 머리핀을 머리에 꽂고 회식 자리로 옮겼다. 부끄러웠지만, 그것만큼 자신의 마음을 전하는 확실한 방법을 찾지 못했다. 분위기는 화기애애했으며 웃음으로 가득 찼다. 눈치 빠른 진무가 배를 채우자마자 직원 둘을 데리고 먼저 나갔다. 해미가 떨리는 손길을 들켜버렸다. 우겸도 함께 떨었다. 그녀의 잔을 채우며 손끝이 닿자 우겸의 머리 꼭대기부터 발끝까지 피가 확 돌면서 심장 박동이 빨라지는 걸 느낄 수 있었다. 해미는 의심이 필요 없는 세상에서 가장 아름다운 여자였다. 그 아름다움은 오로지 그만의 것이었다. 그리고 그는 그 아름다움의 것이었다.

잔을 비운 해미가 테이블에 손을 올려놓았다. 손톱의 네일 아트가 눈에 띄었다. 노란색으로 칠해진 바탕에 'I LOVE YOU'가 빨갛게 차례대로 쓰여 있었다. 그녀의 마음 그대로였다. 우겸이 그녀의 손위에 손을 올려다 놓았다. 그리고 손을 절대 놓지 않았다.

욕망

그녀는 평생 사랑할 수 없을 것이라 확신했었다. 그런 그녀에게 숨소리조차 사랑스러운 남자가 생겼다. 난생처음 놀이공원을 가보았고, 숲의 향기가 짙은 공원 길을 사랑하는 사람의 손을 잡고 거닐었다. 그는 수줍게 해미의 입술을 맞추며 한 발, 더 다가갔다. 그 입맞춤으로 해미는 세상을 달리 보게 되었다. 상사들에게 고개만 살짝 끄덕이던 그녀가 반갑게 안녕하세요, 라고 소리내며 인사하는 변화까지 생겼다. 사랑의 힘은 그런 것이다. 모든 걸 용서할 수도 있었고, 미움과 증오마저도 사라지게 만드는 위대한 감정이었다. 자신만을 위한 게 아니면 관심이 없던 그녀가 우겸에게 어울릴 만한 넥타이를 고르기도 하고 그와 함께 먹을 저녁 메뉴를 고르는 데 고민을 하기도 했다. 해미와 우겸의 사랑은 하늘에 떠 있는 하얀 뭉게구름 같았다.

한 달 동안 순수하고 풋풋한 만남을 가지자 서로에게 욕심이 났다. 그들의 억누르던 본능이 막을 수 없을 만큼 육체의 모든 곳에서 튀어나오는 바람에 참을 수 없는 지경에 이른 것이다. 그래서 그들은 여행을 계획했다. 그들은 둘만의 시간을 보내고 싶었다. 더 솔직히 말해 함께 잠자리를 가질 핑곗거리가 필요했다. 여행 전날 그들은 각자의 몸을 준비했다. 우겸은 헬스장에서 지나칠 정도로 운동을 많이 했다. 그동안 해미와의 밤을 위해 완벽한 몸을 준비해왔지만, 그녀에게 보일 식스팩을 위해 더 많은 땀을 흘려 만들었다. 해미는 여행 전날 점심부터 굶었다. 필라테스 숍에서 평소보다 두 배나 많은 운동을 해서 몸의 선을 더 아름답게 다듬었다. 사랑이란 게 그런 거지.

둘은 차에 올랐다. 해미의 차를 우겸이 운전했다. 한 손으로 능숙하게 핸들을 돌리는 모습에 의외의 매력을 느꼈다. 그의 오른손은 해미의 왼손을 잡았다. 여전히 손끝의 떨림이 전해졌다. 우겸과 함께여서 보이는 것들이 너무 많았다. 창밖으로 보이는 산과 들판이 파란 하늘 아래에서 경이롭게 미소를 짓고 있었다.

휴게소에 들러 간식을 먹고 나온 그들은 차에 올랐다. 우겸이 주차장을 둘러보았는데 해미와 오랜 키스를 해도 들키지 않을 것 같았다. 거친 입술 사이로 서로의 혀가 오가며 촉촉하게 젖었다. 멈추어야 했는데 그렇게 할 수 없었다. 브레이크가 고장 난 자전거처럼. 그들은 눈을 감고 입맞춤을 이어갔다.

녹색으로 가득한 숲이 전부인 곳이었다. 숲의 향기를 맡는 것만으로도 머리가 맑아지는 기분이었다. 해미는 이틀째 항우울제를 먹지 않았는데도 멀쩡했다.

"정말 내가 첫사랑이야?"

해미의 차가운 목소리는 촉촉하게 변해있었다.

"그렇다니까. 내가 남자를 처음 만난다는 게 너무 매력 없지?"

우겸은 긴 손가락으로 그녀의 볼과 광대를 쓰다듬었다.

"내가 아무래도 전생에 나라를 구했나 봐. 당신처럼 아름다운 여자의 첫사랑이라니. 아니 마지막 사랑이기도 하지!"

그들은 숲속에서 다른 사람의 이야기는 꺼내지도 않았다. 서로에 대해 궁금한 게 너무 많았기 때문이다. 어린 시절에 어떤 옷을 입었는지, 처음 읽었던 소설책이 무엇인지, 좋아하는 색깔이 무슨 색인지? 그건, 둘 다 노란색이었다. 그 이야기가 끝나자마자 노랑나비가 눈앞에 나타났다. 그들은 나비를 쫓다가 이내 포기했다. 다시 나타날 것 같았기 때문이다. 해미는 꿈속의 숲을 걷는 기분이 들었다. 호수의 물비늘이 연주하는 것과 풍성한 잔디가 폭신거리는 것마저도 비슷했다. 그녀는 흥분해서 말을 꺼내기 시작했다.

"데자뷔 알지?"

"응, 언젠가 왔던 곳을 거니는 기분 같은 거?"

"맞아! 이 숲이 지금 나한테 데자뷔를 느끼게 했어. 더 솔직히 꿈에서 보던 영상과 거의 흡사해. 노랑나비까지."

우겸이 그녀의 흥분된 억양에 함께 들떴다.

"그거야! 바로. 우린 운명인 거지. 난 당신을 만나기 전부터 사랑했던 거 알아?"

"날 만나기도 전에 사랑하다니? 여자 꾈 때마다 써먹는 수법

이야?"

"아니, 진심이야. 난 오래전부터 당신을 사랑해온 것 같아."

그녀는 그의 달콤한 말에 꿈 이야기를 그만두기로 했다. 그의 말처럼 노랑나비가 우겸에게 안내한 것 같은 생각이 들었으니까. 정말 그들은 만나기 전부터 사랑한 사이였을까.

태양이 잠들기 전 붉은 노을을 만들고 그들의 얼굴을 붉게 비추었다. 그들의 사랑만큼이나 강렬했다. 어두워진 밤이어도 바람의 온도는 그들이 서로 안고 있어도 될 만큼 선선했다. 이윽고 완전한 어둠이 그들을 바다에서 내쫓았고, 펜션의 삐거덕거리는 나무 계단까지 손을 놓지 않고 걸어갔다. 서로가 흘린 땀이 유혹적인 향기를 내뿜었다. 방에 도착하자마자 욕망에 사로잡힌 그들은 서로의 옷을 벗기기 시작했다. 더는 숨길 필요가 없었다. 입술을 서로 떼지 않으려고 애를 쓰며 달아오른 몸을 준비했다. 이윽고 발가벗은 우겸이 해미를 안고 침대에 눕혔다. 몸에 닿는 그의 입술과 혀가 해미의 몸을 꿈틀거리게 했다. 그녀를 그의 몸으로 끌어당기자 부르르 떨며 사랑의 준비가 되었음을 알렸다. 처음 남자의 몸과 하나가 된 그녀는 고통의 비명을 질렀고, 서로에게 땀이 섞일 때쯤에 행복의 신음을 내질렀다. 고통은 그녀가 살아있음을 일깨워주었지만, 사랑은 그녀가 왜 살아있는지를 일깨워주었다.

그들의 사랑은 전진했고 커브나 정지를 할 수 없었다. 출근 전이나 퇴근 후에도 함께했지만, 회사에서 일하는 중간에도 건물 비상계단에서 만나곤 했다. 그들은 조용한 입맞춤과 뜨거운 스킨십으로 욕정의 갈증을 조금이나마 풀 수 있었다. 딱딱해진 그들의 몸은 절대 깨지지 않을 바위 같았다. 누군가 비상계단의 철문을 열어도 그 숨결과 동작을 멈출 수 없었다. 물론 단 한 번도 철문은 열리지 않았다. 그곳은 둘만의 아지트였으니까. 주말에는 서로의 집을 오갔다. 회사에서 가까운 우겸의 집에 더 자주 가게 되었고 언젠가부터 그의 싱글침대가 더블 침대로 바뀌어 있었다. 빨래 건조대에는 해미의 속옷과 스타킹이 걸려 있었고, 화장실에 칫솔도 파란색과 노란색이 마주 보고 있었다. 해미의 긴 머리카락이 화장실의 하수구를 막아서 여러 번 청소 해야 했다. 비누 하나와 샴푸가 전부였던 선반에는 바디워시와 린스 등 각종 청결제로 가득 찼다. 그들은 함께 샤워했다. 서로의 몸을 비비며 바디워시가 하얀 거품을 만들도록 마찰을 주었다. 매끈거리는 피부가 맞닿자 몇 배로 강한 흥분이 생산됐다. 불편한 자세였지만, 아랑곳하지 않고 섹스를 했다. 두 다리에 힘이 풀렸지만, 우겸의 품에 안겨 한참 동안 샤워기의 물줄기를 맞았다.

우겸은 천장을 보고 바른 자세로 누워 잠이 들었다. 해미는 그의 가슴에 얼굴을 묻고 우겸의 육체와 영혼을 지배했다. 부드러운 피부와 단단한 근육을 느끼면서 잠들었다. 그의 짧은 머리카락은 헤어젤로 인해 딱딱하게 굳어있었고, 기름져 있었다. 그것 또한 그의 일부였기 때문에 머리카락을 자주 쓰다듬었다. 해미는 몇 달 전, 자신의 모습을 되돌아보며 마치 낯선 사람 같아서 깜짝깜짝 놀라곤 했다. 이렇게 사랑에 빠지다니.

우겸이 아침에 깨어나 그녀를 옆으로 눕혔다. 검지로 해미의 입술을 살짝 건드려 벌어지게 했다. 서로의 악취를 품은 입술은 그들에게 상관없었다. 졸음의 흔적을 뺨에 그대로 간직한 채 다시 사랑을 시작했다. 그가 혀를 깊숙이 집어넣자 해미가 숨을 거칠게 몰아쉬었다. 눈을 반쯤 뜨고 입술을 더 벌려 그가 자유롭게 연주하도록 허락했다. 이미 발가벗은 몸은 단단해졌고 뜨겁게 달궈졌다. 그들은 모로 누워 입맞춤을 이어갔다. 우겸이 그녀의 목덜미와 겨드랑이를 간지럽혔다. 해미는 뾰족하게 솟은 자신의 가슴을 빨기 위해 목을 쭉 내미는 그의 격앙된 얼굴을 보고 웃음이 터져버렸다. 그의 촉촉한 입술이 배꼽을 타고 밑으로 내려갔다. 그녀의 살갗은 보드라웠다. 우겸은 애무를 멈추고 싶지 않았다. 상처가 나지 않도록 아껴가며 따뜻하고 촉촉한 입맞춤을 이어갔다. 어느새 해미의 다리까지 내려갔고, 발등까지 내려온 그의 입술은 마지막까지 사랑을 표현했다. 해미의 엄지발가락을 입에 넣고 한참을 키스했다. 그다음 발가락을 차례로 입안에 넣고 혀를 굴렸다. 은색으로 칠해진 페디큐어가 그의 타액으로 반짝거렸다. 창백한 달빛이 환하게 빛나는 것 같았다. 해미는 간지러운 발가락을 오므렸다 펴며 몸을 뒤틀었다. 웃음이 목구멍에서 솟아 나올 것 같았다. 해미는 그만하라고 했지만, 그는 멈추지 않았다. 그녀는 자신이 느꼈던 경이와 오르가슴이 자신 안에 존재하고 있음을 느끼게 되었다. 자신이 몸 밖으로 빠져나와 지켜보는 것 같은 기분이 들었다. 우겸은 섹스 후에 개켜있는 수건 한 장을 꺼내 따뜻한 물로 적셔 와서 해미의 가랑이 사이에 가져다 대주며 안아주었다.

해미와 우겸의 만남은 계절 하나가 바뀌어도 아무 문제가 없었다. 가을에 단풍이 붉고 노랗게 물든 것처럼 그들의 사랑도 더 짙고 강렬하게 물들었다. 그는 해미가 바라는 모든 것들을 들어주었다. 엄마처럼 요리하기도 했고 머리를 감겨주기도 했다. 딱딱하게 못이 박힌 그녀의 발을 부드럽게 씻겨주기도 했다. 해미는 그의 길고 사포처럼 거친 손가락을 좋아했다. 그의 손으로 몸을 쓸어주면 가려움을 시원하게 긁어주는 기분이 들었다. 주말에는 매니큐어를 꺼내 해미의 손톱과 발톱에 색을 입혔다. 가을 분위기와 비슷한 색을 골랐다. 옅은 분홍색의 매니큐어의 붓을 정성껏 칠해주었다. 붓 자국이 남지 않는 노하우가 생겨 전보다 훨씬 예쁘게 반짝거렸다. 우겸의 눈에 해미의 왼 손목에 가로로 그은 흉터가 눈에 들어왔다. 늘 시계를 차고 있어서 뒤늦게 발견했다.

"여기 왜 이래?"

"아, 이거. 어렸을 때 자전거를 타다가 다쳤어."

"자전거를 어떻게 탔길래?"

해미는 잘 기억나지 않는다고 둘러댔다. 체인 같은 곳에 손목이 끼었다고 설명하니 그제야 질문을 포기했다. 해미의 발을 자신의 허벅지 안쪽에 올려두고 매니큐어를 이어서 칠했다.

"잠깐, 간지러워!"

빼내려는 해미의 발을 꽉 붙잡았다.

"어허, 뭐 하는 거야."

"너무 간지러워. 발은 내가 칠할게."

우겸이 해미의 발을 얼굴에 가져다 댔다.

"안 돼! 끝까지 내가 할 거야."

그가 해미의 발바닥에 쪽, 소리가 나게 뽀뽀를 연거푸 했다. 해미는 얼굴이 빨개진 채로 발을 빼내려고 했다. 얼마나 웃었는지 배에서 꼬르륵 소리가 들릴 정도였다. 그들의 웃음소리는 푸른 바다의 파도처럼 끊이지 않았다. 이 웃음이 지나가면 저 웃음이 찾아오듯이.

일 년이 지나도 그들의 사랑은 식을 줄 몰랐다. 해미가 우겸의 집에서 살다시피 했기 때문에 집으로 가는 날은 일주일에 겨우 한 번뿐이었다. 그녀는 작은 원룸인데도 답답하지 않았다. 오히려 아늑하고 따뜻했다. 무엇보다 사랑이 존재하는 공간이었기에 아무것도 필요 없었다. 우겸의 집에 있을 때는 깊이 잠들 수 있었다. 괴상한 꿈도, 똑같은 꿈도 꾸지 않았다. 햇살을 맞는 꿈을 꿀 뿐이었다. 실제로 그 꿈을 꾼 것이 아니지만, 해미가 잠에서 깨어나면 행복한 기분이 들었기 때문에 그런 꿈을 꾸었다고 믿었다. 4시간을 자야 한다는 강박도 사라졌다. 게다가 항우울제를 먹지 않았는데 마음이 편안했다. 의사의 말이 맞았다. 그녀의 행복을 방해하지 못할 무한한 감정이 찾아올 줄이야. 우겸의 팔을 베고 열 시간을 자는 날도 있었고, 밤새워 섹스하느라 한숨도 자지 않고 회사에 출근한 날도 더러 있었다. 그녀가 정해놓은 틀은 자신도 모르게 깨져버렸고, 자유롭고 평범함 속에서 또 다른 꿈을 꾸었다. 그가 턱시도를 입은 모습을 그려보기도 하고, 딸의 머리를 꽈배기처럼 땋아주는 상상을 하기도 했다. 노인이 되어서 서로 등을 긁어주는 웃긴 상상도 했다. 해미가 자주 피식거리며 웃을 때마다 우겸이 무슨 생각을 했냐며 꼬치꼬치 묻곤 했다. 그럴 때마다 "당신 눈이 재밌어. 콧구멍이 왜 이리 커? 입술이 하트 모양이야."라며 그를 놀렸다.

우겸은 잠에서 깨어나면 가장 먼저 그녀의 정수리에 입을 맞췄다. 그리고 얼굴과 입술을 차례로 입맞춤을 이어갔다. 봉긋한 가슴과 웃을 때마다 춤을 추는 배꼽 밑으로 키스를 이어갔다. 허벅지와 종아리는 음악을 지휘하는 지휘자가 그려낸 아름다운 선 같았다. 시간의 흐름은 바다처럼 흘러갔다. 일에만 매진하며 보내던 날들은 사랑으로 채워져 지난 시간과 비교도 할 수 없이 값진 시간들이었다.

사람들을 말한다. 사랑은 영원하지 않다고……. 많은 사람이 사랑에 유효기간이 있다고 정의하기도 한다. 그녀 역시 의심하지 않았던 사랑에 균열이 생기는 데에는 오랜 시간이 걸리지 않았다.

무너진 성

그녀의 보이지 않는 성은 견고하고 단단했다. 그곳은 대학을 졸업하고 스물네 살에 만난 삶의 터전이었다. 해미가 대학교에 입학하면서부터 목표로 세운 회사가 있었다. 영어를 쓸 일도 없었지만, 높은 토익점수를 받아냈고 학점도 대학에서 가장 높은 점수를 받았다. 해미는 장학금을 한 번도 놓친 적이 없었다. 세 명을 뽑는 디자이너 자리에 수백 명이 지원했다. 그녀는 면접 준비를 철저히 했다. 그 회사에 있는 선배의 도움으로 만반의 준비를 했다. 오차 없는 그들의 질문에 완벽하게 대답했고 합격을 확신했다. 2주 뒤에 패배를 맛보았다. 합격한 디자이너는 회사 간부의 조카나 지인이라는 이야기를 전해 들었다. 낙하산을 타고 들어온 새치기범들에게 연이은 패배가 그녀를 벼랑 끝으로 밀어냈다. 살아남기 위해 많은 곳에 이력서를 보냈다. 세상은 그녀의 생각과는 달랐다. 수십 군데 중 한 곳만이 그녀를 받아 주었다. 지금 여기.

그녀의 등 뒤에서 비난의 소리가 차가운 공기를 타고 그녀의 귓바퀴를 타고 들어와 분노와 짜증을 일으키곤 했다. 그들은 자신이 속한 환경에서 그녀처럼 성을 찾을 수 없다고 생각해버린다. 그리곤 단념해버린다. 실제로 찾으려는 노력은 해보지도 않고 포기해버린다.

회사 복도에 붙어있는 진급자 명단이 회사 직원들을 집합이라도 시킨 듯 숲을 이루고 있었다. 해미는 동료들의 사이를 비집고 그녀의 이름이 적혀있을 하얀 종이에 다가갔다. 기대와 확신을 했던 만큼 절망감도 컸다. 그녀의 이름은 어디에도 없었다. 위 장이 조여오고 좌절감이 치솟았다. 심장이 바닥에 내동댕이친 기분이었다. 해미는 고개를 돌려 적들의 눈을 보았다. 그들의 모습이 뚜렷이 보였다. 한쪽 눈을 가늘게 뜨고 있었으며, 상어같은 입이 야비하게 웃음을 터뜨리고 있는 것처럼 보였다. 잘난 체하는 일 중독자가 진급에 미끄러졌으니 얼마나 재밌고 통쾌할까. 무거운 걸음을 아무렇지 않게 걸으려다가 넘어질 뻔했다. 그동안 끊었던 약을 가방에서 꺼내 들었다. 온몸이 돌처럼 굳어지는 걸 느꼈고 머릿속으로 지렁이가 헤집고 다니는 두통을 느꼈다. 약을 삼키고 마음이 편안해질 때까지 한 시간이 걸렸다.

사무실을 몹시 잰걸음으로 가로질렀다. 구두는 무너질 듯 흔들렸지만, 이를 악물고 중심을 겨우 잡았다. 수십 명의 직원이 그녀의 걸음을 구경했다. 트여있는 사무실을 건너 벽으로 막혀있는 실장실로 들어가는 그녀를 주목했다. 노크하자 들어오라는 목소리가 들렸다. 그는 소파에 반쯤 누워 있었다.

“김 차장, 무슨 일이야.”

그의 목소리는 단조롭고, 건조했으며 표정도 억양도 없이 입술을 거의 움직이지 않은 채 말했다. 해미는 앉으라는 말이 없어, 서 있을 수밖에 없었다.

"왜 제가 이번 진급에서 떨어졌는지 궁금합니다."

"뭐? 그걸 왜 나한테 물어? 내가 진급을 시키나."

"실장님이 디자인 팀을 이끌어가시는 분이시잖아요. 실적이나 매출로도 제가 월등한데……. 이해할 수 없고 받아들일 수 없습니다,"

그녀가 일하는 이유는 사회에서 역할을 맡아 정해지 방향으로 나아가며 탈선과 소외로부터 자신을 구하기 위해서였다. 회사에 몸과 마음을 바치는 것으로 외로움을 지워버리고 소속감을 느끼게 해주었다.

"자네가 회사와 완벽한 조화를 이루는지 생각은 해보았나?"

"회사를 위해 열심히 일한 것보다 완벽한 조화가 있나요."

"자넨 그게 문제야. 김 차장만 잘났고 다른 사람들은 안중에도 없잖아. 조직 생활에서는 실적이 전부가 아니라는 말을 하는 거야. 나이 어린 부하직원과 연애질을 하질 않나, 살림까지 차렸다는 소문까지 돌고 있어. 실적 높이기 전에 처신이나 똑바로 하란 말이야."

"우리 회사가 그 정도로 도덕적 관념을 중요하게 생각하는지 몰랐네요. 전 연애도 하면 안 되나요?"

"회사 생활에 도덕적 관념이 중요한 건 당연한 거 아니야?"

"만약 다른 남자 사원이 그랬다면 아무런 말도 안 하셨겠죠? 박 부장은 도덕이 넘쳐서 윗사람들에게 성매매를 시켜줬다죠?"

전쟁을 많이 겪고 나면 남는 건 짐승 같은 성질뿐이었다. 해미는 끝장을 볼 포악한 맹수의 눈빛이었다.

"그건 또 어디서 들은 헛소문이야. 말이 된다고 생각해?"

"박 부장의 입에서 나온 이야기를 그대로 전하는 겁니다. 혹시 실장님도……."

그가 벌떡 하고 자리에서 일어났다.

"이게 진짜 미쳤나! 말이면 다야! 김해미 너 미쳤어?"

그녀는 사과했다. 말이 멈추지 않고 나온 것에 후회했다.

"그럼 박우겸 씨와의 관계 때문에 저를 밀어내신 건가요? 겨우."

실장은 그녀를 애써 위로하려고 했다.

"자네가 평생 구축하고자 했던 것을 파괴하라는 말이 아니야. 시간이 더 걸리게 된 건 유감이야. 하지만 김 차장에게도 책임이 있다는 걸 잊어선 안 돼."

그는 이번 진급심사에 아무런 힘을 쓰지 않았다고 발을 뺐다. 이사와 대표가 직접 심사를 했다고 단념시켰다. 해미는 할 말이 많았지만, 목구멍으로 집어삼켰다. 실장은 책망하듯 슬픈 표정을 지었지만, 그녀가 돌아서자 경멸하는 듯한 표정으로 바뀌어 있었다. 해미의 기분처럼 하늘이 흐리길 바랐지만, 파란 하늘은 바다를 거꾸로 올려다 놓은 것 같았고, 비행기가 지나간 자리에 기다란 구름이 예쁘게 그려져 있었다. 태양은 새까맣게 타들어 간 해미의 마음마저 환하게 비춰주고 있었다. 눈에 매달린 그녀의 눈물은 아무도 보지 못했지만 반짝거리며 뺨을 타고 미끄럼을 탔다. 십 칠 년을 바친 회사를 이렇게 그만둘 수 없다.

사무실의 분위기는 그녀의 표정에 따라 온도가 달라졌다. 진급에 미끄러지고 나서부터는 고슴도치의 가시처럼 온몸에 날이 서 있었다. 일을 많이 할 필요를 못 느낀 그녀는 부하직원들에게도 조금의 일만 넘겨주었다. 굳은 얼굴로 배경화면만 떠 있는 컴퓨터를 멍하니 보며 앉아있었다. 진무와 직원들은 입사 후에 처음으로 해미의 눈치를 보았다. 그녀에게 말을 거는 것조차도 조심스러웠다. 우겸은 예의를 차리며 가끔 그녀를 흘끔거렸다. 걱정과 사랑이 섞인 눈빛은 누가 봐도 알아챌 수 있을 만큼 깊은 못 같았다. 그녀는 실장실에서 나온 날부터 그를 피했다. 사랑의 손길이 단숨에 끊어졌다. 잠시 내버려 두라는 해미의 말에 진무의 조언이 떠올랐다. 사랑이라는 죄의 사슬로 묶여버린 그녀의 목표와 꿈이 자신 때문에 무너져 버릴까 봐 미안했고 두려웠다.

그가 할 수 있는 건 기다림과 따뜻한 시선뿐이었다. 매일 다정한 눈으로 그녀를 가끔 바라볼 뿐이었다. 그녀가 속마음으로 바보 같다고 생각할지라도 그렇게 하고 싶었다. 마치 키다리 아저씨처럼.

실장의 호출에 마주 앉았을 때는 날카로운 눈으로 그를 잡아먹으려고 했다. 그는 대수롭지 않게 입술을 살짝 움직이며 웅얼거렸다.

"김 차장, 휴가 좀 다녀와."

"왜요? 그 사이에 제 책상 빼시려고요?"

실장은 길게 숨을 내쉬며 고개를 가로저었다. 그의 녹색 찻잔에서 하얀 연기가 일렁였다. 그는 작은 구름이 만들어지는 수증기를 긴 숨으로 날려 보냈다. 뜨거운 커피를 꼴딱꼴딱 넘겼다. 그는 아무 말도 하지 않았다.

"휴가 다녀올게요. 며칠이나 주실 거죠?"

"일주일이면 되겠어? 아니면 더 오래 쉬어도 되고."

"일주일이면 충분하죠."

그녀는 위풍당당하게 실장실에서 나왔다. 상실감은 곧 희망으로 바뀌었다. 그녀는 허리를 곧게 펴고 넓은 사무실을 가로질렀다. 해미를 바라보는 시선들이 시샘과 질투에서 연민으로 느껴졌다. 한 걸음씩 내디디며 걸어가다가 그녀도 모르게 발이 꼬여 버렸다. 수백 개의 날카로운 모서리가 돌진해와 그녀의 무릎을 부서뜨릴 것 같았다. 시선의 힘이었다.

이방인

여행 가방을 꺼내 옷을 싸기 시작했다. 편안한 청바지와 트레이닝복을 넣고 티셔츠를 여러 벌 집어넣었다. 속옷을 일곱 벌 넣고, 화장품과 로션 몇 가지를 챙겨 여행 가방의 문을 닫았다. 화장대에 앉아 가벼운 화장을 하고 우겸이 선물해준 머리핀으로 머리를 고정했다. 얇은 면바지에 하얀 셔츠와 오렌지색 카디건을 걸쳤다. 신발장 앞에 서서 멍하니 집안을 바라보았다. 처음이었다.

그녀는 여행을 가기 전 회사를 향했다. 오전 6시 30분, 아무도 회사에 없을 것이다. 경비아저씨도 출근 전일 것이다. 운동화를 신고 회사에 나온 건 처음이었다. 해미는 자리에 앉아 컴퓨터를 켰다. 썩은 나무의 뿌리를 뽑아버려야겠다는 생각은 바뀌지 않았다. 그들과 손을 잡을 생각은 추호도 없다. 인트라넷에 올렸지만, 관리자가 지워버린 글을 따로 저장해 놓은 한글 파일을 열었다. 인쇄 버튼을 누르자 프린터에서 글씨를 새긴 종이를 무수히 뱉어냈다. 내용에 박치승이라는 이름은 없었다. 명예훼손으로 고소를 당하고 싶지 않았기 때문이다. 스카치테이프를 들고 8층 건물을 모두 돌며 하얀 벽에 모두 붙였다. 화장실에도 붙였다. 남자들이 소변을 보며 읽을 수 있는 위치에도 붙여놓았다. 출력한 백 장의 종이를 모두 붙였다. 자유게시판을 막아놓았으니 자유 게시판을 만들 수밖에. 부디 그가 품고 있는 괴물들이 죽어

사라지길 바랐고, 숙주는 새로운 인간이 되길 소망하며. 임무를 마친 해미는 쏜살같이 회사 건물을 빠져나갔다. 우겸이 그녀에게 손을 흔들고 있었다.

해미는 그에게 사과했고 흔들리던 사랑의 제자리를 찾았다. 우겸은 언제나 그렇듯 그녀를 이해하고 포용했다. 기차역에 많은 사람이 그들의 포옹을 구경했다. 부러움의 눈빛도 있었고 경멸하는 표정으로 그들을 쏘아보는 사람도 있었다. 우겸은 그녀의 여행을 응원했다.

"잘 다녀와! 보고 싶을 거야. 당신 없는 일주일을 어떻게 보내야 할지 모르겠어."

"겨우 일주일이잖아. 이 여행은 나에게 필요해. 십 년 만에 가 보는 고향이잖아."

그들은 여전히 껴안고 있었다.

"다음엔 나랑 같이 가겠다고 약속해."

"내 고향 정말 볼 게 없는데……."

"당신이 있는데 왜, 볼 게 없어."

그는 해미의 어깨를 주무르더니 가까이 다가와 목에 입술을 댔다. 그의 입술이 닿자 등줄기를 타고 전율이 일었다. 해미는 웃으며 기차를 탈 수 있었다. 선반 위에 짐을 올리고 좌석에 앉아 창가에 손을 가져다 댔다. 겨우 유리창 하나 사이인데 벌써 멀어진 기분이 들었다. 우겸은 기차의 걸음에 맞춰서 달리기 시작했다. 그녀의 미소가 짙게 보이자 달리기를 멈추고 손을 흔들었다. 그리고 입 모양으로 말했다.

사랑해.

기차를 타고 빠르게 달리는 속도감에 흥분하기 시작했다. 창밖의 배경이 순식간에 바뀌며 아름다운 자연들이 그녀 옆에서 춤을 추었다. 그녀가 사는 서울에도 아름다운 자연이 있다는 걸 뒤늦게 깨달았다. 그것 역시 삶이었다. 서울역을 떠난 지 삼십 분이 지나고 나서야 기차가 잠시 걸음을 멈추었다. 짐가방을 들고 기차에 오르는 많은 사람의 목소리와 바깥의 더운 공기가 기차 안으로 들어오는 탓에 잠이 달아났다. 기차에 간식 카트는 사라졌다. 매일 카트를 밀던 여자는 이제 일자리를 잃은 것일까? 매점 칸에 가니 음료수와 과자가 들어 있는 자판기가 있었다. 배를 채울 만한 걸 찾다 보니 자판기 유리 안에 포장된 오징어가 보였다. 반건조한 하얀 살이 침을 고이게 만들었다. 자판기에 천 원짜리 두 장을 넣고 포장된 오징어를 손에 넣었다. 어릴 적 오빠들과 나누어 먹던 그 맛이었다. 냄새를 맡은 다른 사람들이 자판기에서 해미가 먹고 있는 오징어를 따라 뽑았다. 그녀는 투명한 물 한 병을 뽑아 자리로 돌아갔다.

창밖에 먼 산을 보며 검지로 창문에 산의 곡선을 따라 그렸다. 마지막 산을 그리자 어떤 여자가 머리 위에 선반에 트렁크를 올렸다. 그녀의 이마에 구슬땀이 맺혀있었는데 이미 많은 땀을 흘려서 화장이 반 이상 지워졌다. 헐렁한 원피스를 입었지만, 처진 뱃살을 가리진 못했다. 그녀도 친구나 가족 없이 홀로 기차를 탄 것 같았다. 그녀는 해미를 빤히 쳐다보고 있다가 인사를 건넸다.

“안녕하세요. 여행 가시나 봐요.”

놀란 척하며 고개를 돌렸다.

“네……. 그쪽도 마찬가지 같은데요.”

반가운 듯 여자는 수다를 시작했다.

“맞아요. 결혼 생활 십오 년 만에 휴가를 받았죠. 살다 보니 남편이 여행을 다 보내주네요. 아이들은 중학생이 되어서 크게 신경 쓸 필요가 없어요. 저는 제천에 가는 데 아주머니는 어디로 가세요?”

“사북이요.”

“사북? 거긴 어디에 있는 거죠?”

“강원도에요.”

여자의 입은 다물어지지 않았다.

“아, 거긴 왜 가시는 거죠? 아주머니도 남편이 여행을 보내주시는 건가요?”

“아니요, 전 미혼입니다.”

해미는 그 말을 뱉자마자 후회했다.

“아……, 결혼을 안 하셨구나. 나이는 저랑 비슷한 것 같은데. 하긴 뭐, 혼자 사는 게 속 편하죠. 저도 다시 태어나면 결혼 같은 건 안 할 거예요. 그런데 올해 몇 살이에요.”

해미는 눈을 감고 싶었다. 하지만, 여자가 기차에서 내리기 전까지는 잠을 이룰 수 없을 거라는 걸 확신했다.

“마흔하나예요.”

“역시나! 나랑 동갑이네요. 얼굴의 주름도 그렇고 나랑 비슷하게 보인다 했어요.”

그녀의 얼굴은 쉰 살이라고 해도 믿을 만큼 늙어 보였다. 염색을 언제 한지 모를 머리카락은 희끗희끗한 털이 듬성듬성 드러났다. 치아 상태도 얼마나 관리를 안 했는지 냄새를 맡자마자 알 수 있었다. 여자가 자신을 비슷하게 본다는 것에 기분이 나빴다.

“네, 그러네요. 미안하지만 제가 너무 피곤해서요.”

고개를 획 돌리고 눈을 감았지만, 여자는 수다를 멈추지 않았다.

“그러지 말고 이것 좀 드셔봐요. 엄마가 여행 간다니까 우리 아들딸이 쿠키를 구웠단 말이죠. 세상 사는 게 뭔가 싶다가도 자식들 보면 살맛이 난다니까요.”

쿠키가 든 상자를 해미 무릎에 올려놓았다. 그녀는 어쩔 수 없이 눈을 뜨고 다시 고개를 여자에게로 돌렸다.

"고마워요. 잘 먹을게요."

그녀의 청바지에 쿠키 부스러기가 잔뜩 떨어졌다. 손으로 털어내려다가 한꺼번에 모아서 물티슈로 닦아내기로 생각을 고쳤다. 쿠키 맛은 그저 그랬다. 눅눅한 쿠키에 설탕 넣는 걸 잊어버렸는지 지우개를 씹는 맛이었다. 억지로 두 개나 먹고 배부른 척하며 쿠키 상자를 여자에게 돌려주었다. 여자는 기차의 시끄러운 소리 속에서 알맹이가 없는 이야기를 떠들어댔다. 귀가 따가울 만큼. 빨리 제천에 도착하길 바랄 뿐이었다. 여자가 작별 인사를 하고 기차에서 내릴 때, 날아갈 듯 행복했다. 다신 보지 말자. 내 눈앞에서 사라져. 여자가 내리고 아무도 옆에 앉지 않길 바랐다. 하지만 그건 해미의 욕심일 뿐 기차를 타는 사람들은 넘쳐났다. 가족 여행을 하는 무리가 기차에 올라 해미의 옆자리를 두고 가위바위보를 하고 있었다. 한 명만 떨어져 앉는 게 서로 불만이었던 모양이다. 가위바위보에서 진 머리가 벗어진 늙은 남자가 해미 옆에 앉았다. 눈이 마주치자 고개를 까딱이며 옆에 앉았다. 해미는 이제 잠을 잘 수 있을 것 같았다. 건너 자리에 아내가 있으니 남자가 그녀에게 말을 걸 확률은 거의 없었다.

향수

판자촌이 있던 자리를 찾는데 꽤 오랜 시간이 걸렸다. 주변을 빙빙 도느라 발이 아팠다. 그곳에는 키가 큰 아파트가 우뚝 서 있었다. 해미가 목을 끝까지 젖혀야 할 만큼 높은 아파트였다. 달라진 고향은 세련되고 멋스러운 도시가 되어있었다. 동네 여자아이들이 모여 고무줄놀이를 했던 위치를 기억했다. 그 자리는 아스팔트로 포장된 주차장이었다. 그곳에 잠시 서서 옛 추억을 떠올렸다. 이윽고 해미의 눈앞에 검고 얇은 고무줄이 그려졌고, 자신도 모르게 운동화를 신은 발이 어느새 고무줄놀이를 하고 있었다. 몸이 아직도 기억하고 있었다. 스텝을 밟으며 깡충깡충 뛰며 혼자 깔깔거리며 웃었다. 옆에 주차된 차가 갑자기 움직이는 바람에 놀란 가슴을 잡고 부리나케 도망갔다. 관객이 있을 줄은 몰랐네.

해미는 옆집 아주머니의 얼굴을 잊은 적이 없었다. 눈가의 물고기 꼬리 같은 주름살과 미소를 지을 때마다 쏙 들어가는 보조개, 절대로 풀릴 것 같지 않았던 파마머리. 30년이 흘렀어도 해미는 그녀를 알아볼 수 있을 것 같았다. 어딘가에서 잘 살고 있겠지. 늙어버린 아주머니를 만나는 상상에 한참 동안 빠져버렸다. 변하지 않은 하나를 발견했다. 판자촌에서 아이들에게 놀이터 다음으로 가장 중요했던 수돗가가 그대로 있었다. 그곳에서 세수하고 몸을 씻던 기억이 떠올랐다. 요즘도 아이들이 놀이터에서 놀다가 땀을 흘리면 수돗가에서 세수하는지 궁금했다. 그녀가 살아온 시계 반대 방향으로 수도꼭지를 돌리자 투명한 물이 콸콸 쏟아져 나왔다. 그녀는 두 손으로 물을 받아 어푸어푸, 소리를 내며 고무줄놀이에 땀이 골고루 맺힌 얼굴을 씻었다. 시원했다. 넓고 커진 놀이터를 한 바퀴 돌아보며 어린 시절의 친구들을 떠올렸다. 시소와 그네뿐이었던 놀이터에서 줄을 서서 타던 날들이 그녀의 옆구리를 간지럽혔다.

해미는 친구들과 내기를 했던 게 생각났다. 그네를 높이 높이 오르다 보면 지구처럼 한 바퀴 돌 수 있을 것인지에 대한 이야기였다. 대부분의 아이들이 불가능한 일이라고 했다. 반대 의견을 내놓은 한 남자아이가 있었는데, 그네가 한 바퀴 돌아가는 걸 보여준다고 호언장담했다. 그 아이에 대해서 아직도 기억이 났다. 목 주위에 늘 시커먼 때가 끼어있었고, 입고 있던 옷들도 언제 빨래를 했는지 모를 정도로 더러웠다. 다른 아이들이 냄새난다고 피해 다닐 정도였다. 이튿날 판자촌 아이들은 한 바퀴 돌아가서 짧아진 그넷줄을 목격했다. 누구도 그네를 다시 돌려놓지 않고 구경만 하고 있었다. 이윽고 내기한 소년이 나타나 그네를 타고 한 바퀴 돌았다고 으스댔다. 다시 보여달라는 아이들의 말에 돈을 주면 보여주겠다고 반박했다. 그곳에 돈을 들고 다니는 아이들은 없었기 때문에 그 아이가 진짜로 지구처럼 한 바퀴를 돌았는지 확인할 방법은 없었다.

주위를 돌며 그녀처럼 고향의 향수를 느끼는 사람이 있을까, 하고 고개를 두리번거렸다. 해미는 아무나 붙잡고 여기에 있던 판자촌을 기억하냐고 묻고 싶었다. 혹시나 그녀의 얼굴을 아는 사람이 나타날지도 모른다는 생각에 목을 꼿꼿이 세우고 주변을 맴돌았다. 감정이 가라앉고 향수가 휘발되자 그녀가 서 있는 곳이 낯설게 느껴졌다. 이방인이 된 것처럼. 지나가는 바람을 찾아 얼굴에 달라붙은 물방울과 이별하며 하염없이 걸었다. 종이처럼 얇은 녹색 잎들이 산들바람에 바스락거리는 소리를 냈다. 해미는 오래전 꿈에서 보았던 공간과 닮아있음을 느꼈다.

약속이라도 한 듯 갑자기 나타난 노랑나비가 해미의 마음을 설레게 했다. 나비는 그녀의 걸음을 재촉했다. 작은 산으로 들어가는 입구까지 따라갔다. 알록달록한 꽃들이 만개했다. 해미는 입을 '헤' 벌리고 웃는 꽃을 따라 입을 '헤' 하고 벌렸다. 분홍빛 수국과 달걀 프라이 같은 개망초, 야생화가 그림처럼 걸려있었다. 꽃내음을 맡으며 걷다가 재채기를 여러 번 했다. 사랑과 재채기는 숨길 수 없다더니. 해미는 꿈속의 꽃이 있을까, 하고 나비를 따라가 봤지만, 장미처럼 빨간색의 꽃은 보이지 않았고, 파란 잎사귀는 어디에도 없었다. 그것은 환상 속에서만 피어나는 꽃임을 상기했다.

해미는 학교에 들어가기 전에 엄마와 오빠들과 기차 여행을 다녀온 날을 회상했다. 엄마는 입석으로 표를 끊었다. 해미는 빈 자리에 앉아있다가 표를 확인하고 눈치를 주는 어른이 있으면 재빨리 일어나서 은색 문 앞에 서 있는 천수 옆으로 도망치듯 뛰어갔다. 그리고 다른 자리가 빌 때마다 천수가 해미의 손을 잡고 자리에 앉혀주었다. 파란색 의자는 보드라운 소재였다. 신발을 벗고 의자 위로 다리를 끌어안았다. 옆에 앉아있던 노파가 해미를 사랑스러운 눈으로 바라보았다. 하지만 소녀는 시선을 피했다. 기차가 멈추면 다시 신발을 신었다. 자리를 다시 내주어야 할 수도 있었으니까.

열차 칸마다 있는 단단한 은색 문에 열리지 않는 창문이 있었다. 해미는 간식 카트가 오는지 여러 번 고개를 돌렸다. 큰오빠가 있었기 때문에 엄마는 분명 지갑을 열 것이라고 확신했다. 의자에 앉아있던 해미가 고개를 뒤로 돌릴 때마다 은색 문 옆, 좁은 틈에 기대고 있던 천수가 손을 흔들었다. 해미의 눈은 간식거리가 잔뜩 담겨있는 카트를 향하고 있었다. 모자를 쓴 여자가 카트를 끌고 들어섰다. 엄마가 진수에게 먹고 싶은 게 있냐고 묻자 오징어를 하나 집었다. 천수는 과자를 집었다. 해미에게도 기회가 왔다. 진수보다 비싼 걸 찾았다. 삶은 달걀 세 개와 사이다를 집었다. 엄마는 잠시 해미를 쳐다봤지만, 바로 시선을 거두었다. 엄마는 지갑에서 돈을 꺼내 계산을 했다. 엄마는 아무것도 사지 않았다. 해미가 삶은 달걀 하나를 까서 엄마 입에 넣어주었다. 하나는 해미가 먹고, 나머지 하나는 천수에게 주었다. 하지만 그는 달걀을 반으로 나누어 진수에게 건네줬다. 해미는 큰오빠가 얄미워서 복수를 계획했다. 오징어를 조금만 달라고 손을 뻗으며 오징어 몸통 부분을 왕창 빼앗았다. 다시 오징어를 뺏으려고 해미에게 손을 뻗던 진수를 천수가 말렸다. 해미는 기차 안에서 금세 배를 채웠다. 기차에서 내려 버스로 갈아탔을 때는 맨 뒷좌석에 나란히 넷이 앉았다. 소녀는 엄마와 큰오빠 사이를 비집고 자리를 차지했다. 속초 바다에 도착해 화장실로 향했다. 해미의 수영복은 딸기가 여러 개 그려져 있는 원피스 수영복이었고, 오빠들은 파란색 반바지 수영복이었다. 튜브가 하나 있었는데 진수와 천수가 번갈아 가며 바람을 불어넣었다. 바람이 팽팽하게 채워지자 진수가 들고 바다를 향해 뛰었다. 천수와 해미도 따라 뛰었다. 모래사장은 곱고 부드러웠다. 발이 깊게 빠지는 바람에 달리는 속도가 나지 않았다. 이윽고 파란 바다에 발가락이 닿자 차가운 온도에 화들짝 놀랐다.

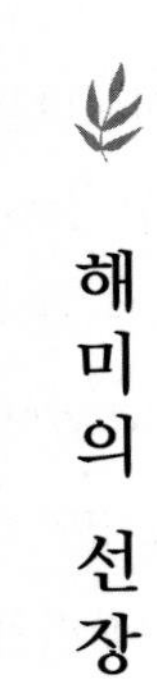

해미의 선장

누군가 큰 목소리로 해미를 불렀다.

"아가씨! 속초 도착했어요. 일어나세요!"

아가씨라는 말에 해미는 다른 여자도 잠이 들었는지 주위를 살펴보았다. 버스 안에는 그녀 혼자 남아있었다. 가방을 챙겨 버스 입구까지 걸어가는데 잠에 취해서 머리가 흔들리는 걸 간신히 참아냈다. 기차 안에서도 잠만 자다가 창밖을 제대로 보지 못했는데……. 버스 기사한테 감사하다는 인사를 건넸다. 잠을 깨워줘서 고마웠고, 아가씨라고 불러줘서 고마웠다.

터미널에 들어서자 미지근한 공기가 층을 이루고 있었다. 좀 더 차가운 공기가 존재하는 공간으로 발걸음을 옮겼다. 터미널 안에 있는 카페 의자에 앉아 가방을 내려놓았다. 커피를 주문하려고 지갑을 꺼내려는데 누군가 그녀의 이름을 불렀다.

"해미야!"

오빠였다.

"오빠!"

해미는 천수를 향해 달려가 안겼다. 그의 피부는 햇빛에 얼마나 많이 그을렸는지 까무잡잡했다. 얼굴은 결혼 전보다 여위어 있었다. 그의 뒤에는 아내 미희와 어린 딸이 서 있었다. 천수를 안은 채 미희와 조카에게 손을 흔들었다. 해미와 조카 윤미는 처음 보는 사이였다.

"아가씨, 저 기억하세요? 결혼식 이후에 처음 보는 거죠?"

"그런가요? 정말 오랜만이에요, 언니. 이 예쁜 공주님은 누구시죠."

소녀는 동그랗게 눈을 뜨고 해미를 신기하게 올려다보았다.

"인사해야지. 고모야."

"안녕하세요."

"안녕, 공주님. 이름이 뭐예요."

"윤미."

"나는 해미인데. 같은 '미'가 들어가네."

윤미가 엷은 미소를 지었다.

"고모도 아름다울 '미'예요?"

"응. 그런데 고모는 윤미처럼 아름답지는 않아."

한참 동안 서로의 안부를 묻던 그들은 곧장 바닷가로 향했다. 동해에 온 건 10년 만이었다. 그녀는 천수가 결혼했을 때 마지막으로 속초에 왔었다. 그들은 등대로 향한 돌길 위를 걸었다. 푸른색 파도가 하늘 위로 솟아오르더니 하얗게 부서졌다. 그것들은 포기하지 않고 반복했고 오르지 못하고 다시 바다의 일부가 되었다. 해미는 처음 만난 조카의 손을 잡고 걸었다. 해미와 윤미는 모녀지간으로 보일 정도로 닮아있었다. 작고 부드러운 윤미의 손이 그녀에게 온기만 전할 뿐 아니라 어릴 적 그녀를 돌봐

주던 천수의 따스함까지 전했다. 해미는 어린아이가 된 기분이었다.

하늘과 바다는 누가 더 아름다운지 경쟁을 하고 있었다. 마주 보고 있는 쌍둥이 같았다. 바다의 바람은 잠들어있던 티셔츠와 굳어있던 바지를 춤추게 했고 해미의 긴 머리카락을 연주했다. 그것은 지휘자의 손짓대로 움직이는 것처럼 덩실덩실 춤을 췄다.

등대 아래 큰 바위에 엉덩이를 깔고 앉았다. 그들의 수다가 바람 소리에 묻히는 걸 깨닫고 침묵하기라도 약속한 듯 모두가 조용히 했다. 해미는 눈을 감고 태양과 바다를 느꼈다. 눈꺼풀 안은 주홍빛으로 물들었다. 그 색도 바다와 하늘 못지않게 아름다웠다. 윤미가 해미의 모습을 따라 했다. 허리를 곧게 펴고 앉은 채 눈을 감고 양손을 무릎 위에 올려놓고 아주 살짝 미소를 지었다. 미희와 천수는 바위에 모로 누워 서로의 눈을 보았다. 사랑에 빠질 수 있는 최고의 장소였다. 시원한 바람과 푸른 하늘, 그들을 위해 끊임없이 박수를 보내는 바다까지.

해미는 거의 무의식적으로 주홍빛 속에서 피어난 꽃을 발견했다. 빨간 잎들은 더 활짝 피었고, 잎사귀들은 눈앞에 바다의 색과 똑같았다. 그 꽃이 바람에 흔들리며 날아갔다. 점점 멀어지는 데 쫓아갈 방법이 없었다. 결국, 점이 되어버린 꽃을 잡으려고 눈을 떠버렸다. 그제야 꽃은 완전히 사라졌다. 윤미가 잠들자 미희가 자신의 무릎에 눕혔다. 해미는 두 발자국 떨어진 바위에서 그대로 멈춰있었다. 천수가 그녀 옆으로 다가갔다. 하고 싶은 말이 많았지만 어떤 말부터 꺼내야 할지 고민하는 기색이 역력했다.

"오랜만에 오니까 좋지!"

"응, 오빠 잘사는 거 보니까 좋네."

천수는 양 손바닥을 등 뒤에 받히고 비스듬히 앉았다.

"너도 잘살잖아. 무슨 일이 있어서 온 건 아니지?"

"일은 무슨……. 휴가받아서 온 거야."

"너 표정 보니까 별로 안 좋은 것 같은데? 언제라도 돌아오고 싶으면 와. 오빠가 있잖아."

그녀는 오랜만에 그 단어를 들었다. '오빠'의 한 부분은 흉터로 남아있었고, 또 다른 '오빠'는 그녀를 재생시켰다. 해미는 천수와 오랫동안 떨어져 살았지만, 감정적으로 의존하는 유일한 대명사이기도 했다.

"오빠는 이러고 살아. 천천히 느긋하게. 배 타고 물고기 잡아서 마누라 화장품도 사주고 딸내미 옷도 사주고 그래."

"멋지게 사는데, 마도로스!"

해미가 하얀 치아를 드러내고 웃었다. 바람이 조금 더 차가워질 때쯤 그들은 집으로 향했다. 미희가 그녀를 위해 요리를 해주기로 했다. 남편이 어부인 탓에 물고기는 질리게 먹었지만, 언제 먹어도 맛있다고 했다.

천수가 원양어선을 타며 친해진 중년이 있었는데 천수의 사연을 모두 듣고는 아들처럼 아껴주었다. 그의 성실함과 타고난 인품과 지혜를 사랑했다. 중년은 육지로 돌아와서 천수에게 딸을 소개했다. 그렇게 그들은 서로 첫눈에 반하게 되었고 사랑에 빠지게 된 것이다. 널찍한 식탁은 천수가 어릴 적부터 가지고 싶었던 물건이었다. 그는 자전거를 원한 적도 없었고 스케이트를 원한 적도 없었다. 가족들과 넓은 식탁에 둥글게 모여 앉아 맛있는 밥을 먹는 게 소망이었다.

돌돔구이와 우럭 매운탕이 식탁 위에 올려졌다. 해미의 입이 떡, 하고 벌어졌다. 돌돔은 그녀의 얼굴보다 컸다. 젓가락으로 살을 집어 올리자 탱탱한 속살이 결을 보였다. 입안에 넣고 몇 번 씹지도 않았는데 달콤하고 짭짜름한 맛을 내며 목구멍으로 미끄럼틀을 타고 녹아 내려갔다. 매운탕의 비린 맛도 오랜만에 느껴보았다. 어릴 적 옆집 아주머니가 끓여 주셨던 메기 매운탕만큼 맛있었다.

식사를 마치고, 윤미와 거실 소파에 앉았다. 거실은 술래잡기 할 정도로 넓었다. 윤미가 해미에게 뭔가를 원하는 눈빛을 보냈다. 해미는 어릴 적 자신의 얼굴을 윤미에게서 보았다. 이윽고 그녀는 윤미와 거실을 신나게 뛰어다녔다. 땀이 흥건하게 흐르고 난 뒤에 '무궁화꽃이 피었습니다'로 종목을 바꾸었다. 미희와 천수도 게임에 들어왔고 해미가 술래 역할을 했다. 눈을 감고 '무궁화꽃이 피었습니다.'를 외치고 돌아보자 행복한 가족이 보였다. 그것은 해미가 가지고 싶어 하던 꿈이었다. 그 이상도 필요 없는 사랑스러움에 취해 울컥함이 심장을 들었다가 내동댕이쳤다.

"무궁화꽃이……."

미소로 가득했던 분위기가 단번에 슬픔으로 역전이 되었다.

"고모 왜 그래요?"

"해미야?"

천수는 벽에 기댄 채 울고 있는 동생의 어깨에 손을 올리고 등을 두드려주었다. 그의 손길에 묵혀있던 감정들이 더 크게 솟아났다. 해미는 오빠를 끌어안았다. 울고 있는 고모를 보는 윤미가 눈만 껌뻑거리며 그녀의 얼굴을 바라보았다.

영원한 이별

진수가 열다섯 살이 되었을 때 매주 만 원의 용돈을 받았다. 반면 천수와 해미는 단 한 번도 용돈을 받아본 적이 없었다. 진수는 원하는 걸 사기 위해 돈을 모으기 시작했다. 석 달이 지나고 친구 둘과 돈을 모아서 중고 오토바이를 사게 되었다. 그들은 요일별로 오토바이를 타기로 정했다. 진수는 화요일과 금요일에 타기로 했다. 해미가 학교를 마치고 집으로 가는 길에 오토바이에 타고 신호대기를 하는 오빠를 발견했다. 그녀는 소리쳤다.

"오빠! 지금 오토바이 타는 거야? 엄마한테 다 이를 거야."

그는 갓길에 오토바이를 세우고 시동을 꺼뜨렸다.

"이거 산 거야? 간도 크다!"

"해미야, 엄마한테 비밀로 해줘. 대신 매주 월요일마다 너에게 천 원씩 용돈을 줄게."

"정말!"

해미는 매주 천 원의 용돈이 생기는 것에 신이 났다. 그 자리에서 진수에게 천 원을 받고 약속했다. 그녀는 굳이 고자질하지 않아도 곧 엄마가 알게 되리라 생각했다. 한 달 뒤, 집 앞에서 슬피 우는 목소리가 들려왔다. 웃음소리는 누구의 것인지 구분하기 쉬웠지만, 슬픔에 젖은 울음소리는 누구의 것인지 알기 어려웠다. 자세히 들어봐도 누구의 목소리인지 알지 못했다. 해미가 녹슨 갈색 철문을 잡아당기자 삐걱 소리를 내며 문이 열렸다. 슬피 우는 목소리의 주인은 엄마였다. 작은오빠도 고개를 숙인 채 눈물을 흘리고 있었다. 겁을 집어삼킨 해미가 달라붙은 입술에 침을 발라 떼어냈다.

"엄마, 작은오빠? 무슨 일이야?"

엄마는 딸의 목소리를 듣지도 못한 채 계속 울고 있었다. 천수가 고개를 들어 올리자 그녀도 눈물이 글썽였다. 그들이 왜 우는지도 모른 채. 엄마가 부은 눈으로 말했다.

"큰오빠가 죽었다."

그 말을 듣자마자 해미는 바지에 오줌을 쌌다. 두렵고 무서움에 눈물도 쏟아졌다. 해미는 순간 죽고 싶은 감정에 사로잡혔다. 동생이 부들부들 떨며 울기 시작하자 오빠가 곁으로 다가와 안아주었다. 엄마는 왜 오빠가 죽었다는 말을 다르게 말하지 않았을까. 하늘나라로 갔다거나, 영원히 돌아오지 않을 거라고…….

장례식장에는 교복을 입은 진수의 친구들로 가득했다. 판자촌 이웃들도 모두 와주어서 발 디딜 틈이 없었다. 그들은 함께 슬퍼하며 진수를 그리워했다. 엄마는 창백하게 질린 달처럼 보였다. 해미는 진작에 알렸어야 했다고 생각했다. 매주 천 원을 받지 않고 오빠의 비밀을 말했어야 했다. 해미는 용기를 내서 엄마에게 사실을 고백하기로 했다. 소녀는 생각했다. 괜찮아, 너 때문이 아니야. 우리 딸 용기 있네. 이런 말들을 들을 거로 생각하고 엄마의 손을 잡고 고백했다.

“엄마, 사실은 진수 오빠가 오토바이 타는 거 알고 있었어. 오빠가 비밀로 해주면 매주 천 원씩 준다고 해서 비밀로 했어.”

“네가 알고 있었다고?”

엄마는 해미의 손을 빼냈다. 그리고 있는 힘껏 따귀를 때렸다. 해미의 몸은 저만치 날아갔다. 정신을 차리자 조문객들이 몰려 있었다. 당황한 해미의 눈에서는 눈물조차 나오지 않았다. 엄마는 증오의 눈빛으로 해미를 노려보았다. 해미는 붉어진 뺨을 만지며 영정사진을 보았다. 진수의 사진이 자신의 사진으로 보였다.

해미는 조금의 시간이 지나면 진수가 집으로 돌아올 거라는 착각을 했고, 그것은 곧 믿음으로 변해버렸다. 지쳐있는 가족들에게 느닷없이 나타날 것만 같았다. 엄마는 방안에서 죽은 듯이 누워만 있었다. 생선 가게에도 나가지 않았고, 남은 자식들에게 밥을 차려주기는커녕, 눈길조차도 주지 않았다. 혹시라도 죽은 게 아닐까 궁금해서 남매가 엄마의 팔과 등을 흔들자 이불을 머리끝까지 덮고 소통을 거부했다. 열세 살이었던 천수가 집안의 일들을 해나갔다. 학교를 마치고 집으로 돌아오면 청소와 빨래를 했고 밥을 지었다. 반찬은 쉰내 나는 김치와 콩나물무침이 전부였다. 엄마는 몇 숟갈 뜨지 않고 다시 돌아누웠다. 진수가 죽고 한 달이 지나자 피골이 상접했다. 해미는 학교에서 돌아오면 이불 속이 비어있는지 엄마가 누워 있는지 손가락으로 쿡, 찔러보며 안도의 한숨을 내쉬었다.

천수는 동생의 도시락까지 싸주었다. 그가 해미를 위해 할 수 있는 건 하얀 밥과 옆집 아주머니에게서 얻어온 반찬들을 해미의 도시락통에 옮겨 담는 것뿐이었다. 그는 학교에 빈손으로 갔다. 점심시간이 되면 수돗가로 달려가 물로 배를 가득 채웠다. 물배가 차면 배가 불룩 튀어나왔다. 모든 학생이 교실에서 밥을 먹을 시간에 홀로 축구공을 가지고 운동장을 뛰어다녔다. 그렇게 땀을 흘리다 보면 밥을 다 먹은 아이들이 한두 명씩, 운동장으로 몰려들었다. 그러다 보면 누가 굶은 아이인지, 누가 배불리 먹은 아이인지 구분할 수 없었다. 천수는 그렇게 가려진 채로 뛰어다녔다.

해미는 천수를 걱정했고 도시락을 나누어 싸자고 얘기했다. 그는 점심밥을 먹는 시간에 조금이라도 더 많이 공을 차고 싶어서 도시락을 먹지 않는 거라고 말했다. 해미는 알겠다고 고개를 끄덕였지만, 그의 배려를 누구보다 깊이 느낄 수 있었다. 교실에서 친구 셋과 반찬을 나누어 먹으며 창가를 보면 항상 오빠가 있었다. 그는 배고픔을 잊은 채 열심히 뛰고 있었다. 그를 불러서 함께 밥을 먹자고 말하고 싶었다. 해미는 천수와 차갑게 식은 밥을 번갈아 보며 꾸역꾸역 밥을 목구멍으로 넘겼다.

아무것도 하지 않고 죽음과 맞닿아 있는 엄마를 대신해 돈을 구할 방법을 찾아냈다. 동사무소에서 가난한 가정에 돈을 준다는 소식을 옆집 아주머니한테 들었다. 천수는 한달음에 달려가 지원금을 신청했다. 2주가 지나자 23만 원이 지급되었다.

그가 중학교를 들어가서는 동생의 도시락을 챙겨주지 못했다. 학교가 멀어서 아침 일찍 등교해야 했기 때문이다. 대신 해미에게 돈을 넉넉히 챙겨주었다. 천수는 가난으로 학비를 면제받았다. 이 소문은 삽시간에 퍼져나갔고, 그를 동정과 연민으로 보는 친구들도 있었고, 놀림 상대로 정하고 따돌리는 동급생들도 있었다. 그가 집으로 돌아오면 멍투성이 얼굴로 밥상을 차렸다. 보라색으로 물들어있는 눈을 해미가 만지려고 하면 아무것도 아니라고 말하며 손을 걷어 냈다. 엄마는 천수의 얼굴에 관심조차 없었다. 그녀는 밥상 위에 반찬들을 물끄러미 바라보다가 몇 달 만에 말을 꺼냈다.

"엄마 잘못 만나서 고생들 한다. 미안해."

그들은 진수의 장례식 이후에 처음 입을 뗀 엄마의 목소리에 희열과 기쁨을 포효했다.

"엄마!"

천수의 외침에 해미도 메아리를 쳤다.

"엄마!"

그녀는 자식들의 얼굴을 번갈아 보더니 연신 미안하다는 말밖에 하지 않았다. 이튿날 해미는 들뜬 마음으로 학교를 향했다. 자리에 앉자마자 콧노래가 절로 나왔다. 6교시의 수업을 마칠 때까지 즐거움의 연속이었다. 학교 공부가 이렇게 재밌던 적이 없었다. 늘 고개를 숙이고 다니던 해미가 고개를 들어 올려 푸른 하늘을 보았다. 오렌지 같은 태양이 눈부시게 웃고 있었다. 하얀 구름은 해미의 마음을 포근하게 덮어주었다. 소녀는 하얀 구름 중에 가장 하얀 구름을 향해 뛰어올라 안아주는 상상을 했다. 촐랑대며 뛰다가 실내화 가방을 놓쳐 흙바닥에 굴렀다. 그녀는 개의치 않고 가방을 손으로 털고 다시 폴짝거렸다.

집이 가까워질수록 소녀의 미소는 더 진하게 물들었다. 노란 햇빛이 그동안 그늘졌던 해미의 마음을 환하게 씻어주는 것 같았다. 골목에서 마주친 이웃집 아주머니들한테 반갑게 인사를 했다. 해미의 밝은 미소를 오랜만에 본 여자들은 소녀의 머리를 쓰다듬으며 반겼다. 해미는 모처럼 판자촌 골목을 신나게 달렸다. 소녀가 밟은 회색 땅이 하얗게 보일 정도로 기분이 좋았다.

열쇠를 꺼내지 않고 문을 두드렸다. 녹슨 쇠문은 불투명한 유리가 절반을 채우고 있었다. 해미는 엄마의 실루엣이 나타나기를 기다렸다. 발바닥이 장판과 닿는 소리가 나길 기다리며 귀를 기울였지만, 아무 소리도 들리지 않았다. 어제 엄마가 돌아왔다. 더는 슬픔과 우울함에 빠져 누워있지 않을 것이다. 시장에서 반찬거리를 사다가 요리를 해줄지도 모른다. 오늘 저녁은 오랜만에 고기를 먹을 것 같은 느낌이 들기도 했다. 해미는 엄마에 대한 그리움만 있던 것이 아니었다. 해미는 삶이 그리웠다.

주머니에서 금색 열쇠를 꺼내 구멍에 드르륵 소리를 내며 집어넣었다. 딸깍 소리를 내고 갖은 소음을 내며 쇠문을 당겼다. 해미의 집은 태양이 빛을 쏟아내어도 받아들이지 못하는 위치였다. 신발장에만 약간의 노란 빛줄기가 스며들 뿐이었다. 집안은 어둠이 여전했다. 어둠 속에서 눈이 적응하자 엄마의 모습이 서서히 보였다. 그녀는 가만히 서서 해미를 바라보고 있는 것 같았다.

“엄마?”

해미의 물음에 그녀는 아무런 대답도 하지 않고 멀뚱히 서 있었다. 엄마를 향해 두 걸음 내디뎠다. 해미는 소스라치게 놀라 주저앉고 말았다. 엄마의 발이 바닥에 닿아있지 않았다. 형광등이 있어야 할 천장에 얇은 밧줄이 걸려있었다. 그녀의 목을 조이고, 마른 몸을 들어 올리고 버티는 데에는 충분히 단단한 밧줄이 었다. 머리카락이 얼굴을 가리고 있어서 해미는 다른 사람일 수도 있다는 착각을 했다. 옷도 엄마 옷이고 다리도 엄마의 다리이지만, 얼굴은 다른 여자이기를 기도했다. 이윽고 문밖에서 흘러 들어오는 미지근한 바람이 엄마의 머리카락을 걷어냈다. 그제야 얼어있던 해미가 충격에 소리를 질렀다. 비명이 목구멍을 찢고 나와 많은 사람이 들을 수 있었다. 판자촌에 사람들이 몰려들었다. 해미의 귀에는 아무 소리도 들리지 않았다. 눈물만 쏟아내며 소리 내어 울었다. 옆집 아주머니가 그녀를 끌어안고 눈을 가려주었다. 밖으로 데리고 나가 햇살이 가장 많이 드는 곳으로 데려갔다. 구급대원과 경찰이 해미를 지나쳐 집 안으로 들어갔다. 눈물을 다 쏟아낸 해미는 아주머니 품에 안겨 잠이 들었다. 해미는 엄마를 안고 싶었던 날 엄마와 영원한 이별을 했다.

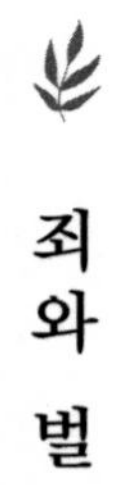

죄와 벌

천수는 돈을 벌기 시작했다. 학교를 마치고 오후 4시부터 11시까지 주유소에서 차에 기름을 넣어주는 아르바이트였다. 시급 천백 원을 받고 매일 일했다. 토요일은 오전 수업만 해서 더 오래 일을 할 수 있었고, 일요일은 온종일 일했다. 그는 동생의 교복도 최고급으로 맞춰주었고, 매달 용돈까지 쥐여주며 학교를 보냈다. 천수는 그 돈을 아까워하기는커녕 미래를 내다보고 그녀를 대학까지 보낼 계획을 세웠다. 해미에게는 그림 실력이 있었다. 지친 오빠를 위해 겨우 조금 들어오는 햇살의 줄기 앞에서 오빠의 얼굴을 금세 그렸다. 동생한테 그림 선물을 받고 나서는 그는 뜨거운 결심을 했다.

"해미야, 이걸 네가 그린 거니?"

"응, 방금 그렸잖아. 어때? 닮았어?"

천수의 헛웃음을 두어 번 뱉어내더니 고개를 주억거렸다.

"놀라워! 나랑 똑같아."

천수는 작품에 가까운 동생의 그림을 보고는 '미술학원에 보내줄까?'라는 말이 목구멍 속에서 맴돌다 쓴맛을 느끼며 삼켜버렸다. 그는 동생의 미래를 위해 돈을 더 빨리 모아야겠다는 다짐을 했다. 2년간 일해 모은 돈은 그녀의 고등학교 등록금을 내고도 남을 만큼 모였다. 천수는 중학교를 졸업하면 검정고시로 고등학교 졸업장을 따낼 계획이었다. 더 많이 일해서 해미의 뒷바라지를 할 마음이었다. 누가 시킨 것도 아닌데 그는 그랬다.

주유소에서 그의 입지는 단단했다. 다른 아르바이트생들은 한두 달 하고 그만두기 일쑤였다. 그래서 천수는 다른 아르바이트생들에게 많은 정을 주지 않고 오롯이 일에만 집중했다. 천수는 카운터에 경리직원이 자리를 비우면 유리 창문을 열고 얼굴과 팔을 들이밀어 직접 돈 통을 열어 거스름돈을 빼서 손님에게 주었다. 그 순간마다 주유소 사무실 안을 살폈다. 창고에만 머물다가 차가 나타나면 달려 나가 기름을 넣기 때문에 자세히 볼 기회가 그때뿐이었다. CCTV가 없는 걸 확인하고 그는 머릿속으로 검은 그림을 그렸다. 평일에 돈을 훔친다면 의심받을 확률이 높았다. 그래서 다른 아르바이트생들이 일하러 오는 주말에 훔칠 계획을 세웠다. 그럼 의심받을 확률이 낮아지니까. 주유소 사장과 직원들은 일요일에 출근하지 않았다. 당직이 한 명 있긴 하지만 게으르고 나태한 오 과장이 있는 날로 정했다. 그는 소파에 앉아 티브이를 보며 코를 골고 자는 경우가 허다했다. 천수는 일요일에 다른 아르바이트생들에게 돈 통을 열고 돈을 거슬러오게 시켰다. 이로써 돈 통을 열어 본 아르바이트생은 셋이 되었다.

오 과장이 코를 골고 자는 동안 손님에게 10만 원짜리 수표를 받았다. 거스름돈을 꺼내려고 사무실 창문을 열고 목과 팔을 집어넣어, 돈 통과 거리를 좁혔다. 그의 까무잡잡한 손가락은 알코올중독자처럼 떨리기 시작했다. 돈 통의 버튼을 누르자 삑, 하고 소음을 냈다. 다행히 오 과장의 코골이 소리에 돈 통 소리가 묻혔다. 만 원짜리 지폐를 모두 잡았다. 백만 원은 거뜬히 넘을 두께였다. 천수는 돈 뭉텅이를 점퍼 소매 안으로 넣어 손목에 걸쳐진 해미의 넓적한 머리끈 안으로 끼웠다. 소매를 정리하고 돈 통을 닫고 창문에서 목과 팔을 꺼냈다. 거스름돈을 챙겨서 승합차로 달려갔다. 잔돈을 받은 차 주인은 금세 사라졌다. 천수는 한가해진 틈을 타 주유소 앞 공원의 바위 밑에 해미의 머리띠로 묶은 돈을 숨겼다. 죄와 벌의 라스콜니코프처럼.

그가 잠시 나갔다 온 사실을 알게 된 사람은 아무도 없었다. 그는 의지와 상관없이 떨리는 왼손을 점퍼 주머니에 집어넣었다. 엄지손톱으로 검지를 찌르며 떨림을 멈추려고 해봤지만, 소용없었다. 다른 차들이 왔을 때 천수는 다른 아르바이트생들에게 일을 부탁했다. 그들이 돈 통을 열고 잔돈을 거슬러주는 걸 확인하고 나서야 손 떨림이 멈추었다. 11시가 되자 주유소는 문을 닫았고, 오 과장은 돈 통을 열어보지도 않고 퇴근했다. 이튿날 아무렇지 않게 주유소를 갔는데 아무도 사라진 돈에 관한 이야기를 하지 않았다. 천수를 신뢰하고 있기 때문에 묻지 않은 것인지, 한 번은 눈감아주려는 건지, 다른 사람을 의심하고 있는 건지……. 알 수 없었다. 사장은 경찰에 신고도 하지 않았다. 일주일이 지나고 주말 아르바이트생들은 그대로 출근했다. 일요일에 코빼기도 보이지 않던 사장이 나타나서 천수와 두 명의 용의자를 불렀다.

"지난주에 너희 세 명이 일했지?"

두 용의자는 고개를 갸우뚱했지만, 천수는 정확히 기억했다.

"맞습니다. 사장님. 그런데 무슨 일로 그러시죠?"

사장은 이마의 주름살을 모조리 깨울 만큼 눈을 크게 뜨고 한 명씩 뜯어보았다.

"너희들 중 돈 통을 열어서 잔돈을 거슬러준 적이 있는 사람이 있니?"

천수가 먼저 손을 들었고 다른 용의자들도 손을 들었다.

"당직이던 오 과장은 뭘 하고 있었지?"

그들은 아무 말도 하지 않았다. 그의 근무 태만을 고자질하는 게 왠지 나쁜 행동처럼 느껴졌다. 꿀 먹은 용의자 중 노랗게 염색한 소년이 대답했다.

"오 과장님은 주무시고 있었어요."

"항상 그러니?"

"네."

주저 없이 대답한 노랑머리의 말에 사장은 얼굴이 붉어졌다.

"혹시 너희들 중 돈을 훔친 사람이 있니?"

아르바이트생 둘은 황당한 얼굴을 했다. 천수도 그들을 거울 삼아 같은 표정을 만들었다.

"의심해서 미안하지만, 누군가 돈을 훔쳐 갔더구나. 지난 일요일에 말이야. 오 과장은 너희들 중에 범인이 있을 거라 하던데……. 경찰에 신고는 하지 않았다. 솔직하게 말하고 싶은 사람은 퇴근하고 나에게 전화를 해라. 알겠니?"

그들은 고개를 끄덕였다. 그리고 차가 올 때까지 대기하는 창고로 돌아갔다. 아르바이트생들은 욕을 하며 기분 나빠서 그만두겠다고 말했다. 천수도 일그러진 표정을 만들어 불만을 표시했다. 아르바이트생 셋은 서로를 의심하지 않았다. 그날 밤 아무도 전화를 걸지 않았다.

주말 아르바이트생들은 다음 달에 그만두었다. 오토바이를 살 돈을 모았다며 더는 일을 하지 않아도 된다고 했다. 사장은 천수를 불러 용의자 둘에 관해서 물었다. 천수는 있는 그대로 말했다. 겉모습은 불량 학생에 벗어나지 않지만 속은 깊은 친구들이라고 설명했다. 일하는 중 배가 고프면 천수의 몫까지 간식을 사 와서 나누어 먹었다는 일화도 전했다. 그는 그들이 의심받는 것에 미안함과 슬픔을 느꼈다. 한 달의 시간이 지나자 돈 통 도난

사건은 주유소의 기름처럼 휘발되었다.

천수는 다시 계획을 세웠다. 이번에는 평일 밤으로 정했다. 오 과장이 잠시 화장실을 간 사이에 일을 치를 작전이었다. 새로 들어온 평일 아르바이트생과 의심을 절반씩 나누어 갖게 되지만 실행하기로 마음먹었다. 이번에도 해미의 널찍한 머리끈을 손목에 끼워놨다. 돈 통을 열자, 이번에도 만 원짜리가 수북했다. 욕심을 내서 모든 돈을 손목에 머리끈으로 고정했다. 점퍼 밖으로 벽돌이 튀어나온 것처럼 표시가 났다. 그는 주유소 밖에 공원의 돌이 생각났다. 아무도 그 돌을 들어 올리는 일은 없을 거니까. 훔친 돈을 지난번처럼 바위 밑에 숨겨야겠다고 생각했다. 화장실에서 돌아온 오 과장이 담배 심부름을 시켰다. 모든 게 그의 예상대로 돌아갔다. 천수는 주유소를 나가자마자 공원으로 달려가 바위를 들어 올렸다. 전보다 훨씬 무거워져서 애를 먹었다. 이윽고 해미의 머리끈으로 묶어둔 돈을 집어넣었다. 바위가 엉성하게 세워졌다. 그는 다시 꺼낼지 그대로 두어야 할지 생각을 하다가 시간을 허비하고 있다는 사실에 몸을 떨기 시작했다. 가게로 달려가 담배 한 갑을 사서 주유소로 전력 질주를 했다. 호흡을 고르고 오 과장에게 담배를 건네주었다. 그는 돈 통의 돈이 사라진 것도 모른 채 담배만 뻐끔뻐끔 피웠다. 돈 통은 다시 열리지 않았다. 천수는 안도의 한숨을 내쉬고 일이 끝난 후에 바위 밑에 깔린 돈을 다시 주머니에 넣고 집으로 달려갔다. 자고 있는 해미를 보고 머리를 쓰다듬었다. 땀이 식은 천수는 찬물로 오늘의 노고를 게워냈다.

이튿날 경찰차가 주유소에 서 있었다. 시동이 꺼져있었고 운전석에 아무도 없는 거로 봐서 어제의 일 때문에 왔다는 걸 느낄 수 있었다. 발걸음을 돌리면 범인으로 의심을 받을 것 같아 천연덕스럽게 행동하며 빠져나갈 구멍을 생각했다. 천수가 주유소 사무실로 들어갔다. 아무렇지 않게 사장과 직원들에게 인사를 했다. 경찰을 보고는 아무렇지 않게 고개만 살짝 숙였다. 옷걸이에 걸려있는 주유소 점퍼를 입으려고 하자 사장이 옷을 입지 말라고 소리쳤다.

"김천수!"

그 목소리에서 느낄 수 있었다. 네가 범인이지!

"왜……, 왜 그러세요? 사장님."

제복을 입은 경찰이 떨고 있는 천수를 어깨에 손을 올렸다.

"네가 김천수니?"

"네? 그런데요."

"김천수, 너를 절도 혐의로 체포한다."

경찰은 그의 권리를 읊어주고 손목에 수갑을 채웠다. 사장은 아무 말도 하지 않았다. 경찰차 안에서 경찰이 설명했다. 그가 돈을 훔치는 장면이 CCTV에 그대로 담겼다고 현행범으로 체포하는 거라고. 여우 같은 사장이 아무도 몰래 CCTV를 설치해 둔 것이었다. 천수는 긴 한숨을 내쉬었다. 그리고 떨리던 두 손이 편안하게 멈추었다.

국선 변호사는 피고인이 반성하고 있으니 선처를 부탁드린다고 짧은 말만 남겼다. 재판은 매우 간단했다. 천수는 절도죄로 1년을 선고받았다. 사장은 그를 안타까운 눈으로 보는 동시에 경멸의 눈으로 보았다. 천수는 해미를 보고 옅은 미소를 지으며 감옥으로 돌아갔다. 그는 소년원에 들어가자마자 편지지를 얻었다. 편지의 주인은 당연히 동생이었다.

해미야, 오빠가 부끄럽지. 미안해. 하지 말아야 할 짓을 했으니 벌을 받고 나가야겠지. 나를 너무 미워하지 마. 부엌 장판을 들어 올리면 내가 모아둔 돈이 있어. 물론 훔친 돈도 함께 있지. 모두 널 위해 번 돈이야. 오빠가 나갈 때까지 그 돈으로 버틸 수 있을 거야.

해미의 꽃

해미의 눈물은 계속 쏟아졌다. 조카와 올케가 보는데도 부끄러움 없이 쏟아졌다. 그녀의 눈물은 창문을 뚫고 비추는 햇빛을 맞아서 보석처럼 반짝거렸다. 안겨있는 해미가 천수를 더 꽉 끌어안았다. 그는 소년원에 나와서 원양어선을 타며 목돈을 벌어 동생의 희망이 되어주었다. 천수는 그녀의 수호천사이자 삶의 희망이었다. 유일하게 자신을 사랑해주는 존재였다. 윤미가 달려와서 해미와 천수의 다리를 끌어안았다. 그제야 눈물이 멈추고 웃음을 되찾았다.

오전에는 바위 위에 앉아 아무 말 없이 시간을 보냈다. 바다의 물결이 작은 산을 이루며 덩실덩실 춤을 추는 모습에 웃음이 저절로 튀어나왔다. 바람은 그녀의 머리칼을 연주했고, 음표가 되어 노랫소리를 들려주는 것 같았다. 낫 같은 햇살이 해미의 얼굴에 쏟아내며 내면의 그림자를 쫓아냈다. 도로의 소음으로 더럽혀진 귀를 바다의 소리로 씻어냈다. 한 치 앞을 모르는 삶을 사느라 분노가 박힌 눈동자에 눈물을 채워 씻어냈다. 모래사장에는 사랑이 도처에 널려있었다. 발길에 차이는 사랑, 그것은 기꺼이 허리 숙여 줍는 자의 것이었다. 윤미의 고사리 같은 손이 해미의 손에 닿자 온몸의 피부가 도미노처럼 일어났다. 이윽고 윤미와 손을 잡고 모래사장을 걷자 과거 자신의 손을 잡은 기분이 들었다.

새벽 배를 몰고 바다 멀리 나가서 많은 물고기를 잡아 돌아온 천수는 부두에서 도매상들에게 물고기를 넘기고 두툼한 돈뭉치를 받았다. 그가 어릴 적 주유소에서 훔쳤던 돈보다 훨씬 많은 돈이었다. 늙은 인부 둘에게 일당을 주고 배에서 내보냈다. 동이 트기 전에 집으로 돌아가 거실 소파에 몸을 뉘었다. 창밖은 어둠이 옅어졌다. 천수가 기회를 보고 해미에게 말을 붙였다.

"엄마한테 다녀와."

그녀는 아무런 대답도 하지 않았다. 눈동자가 흔들렸고 몸을 떨기 시작했다. 그는 동생의 손을 잡았다. 서서히 떨림이 약해졌고 어느새 고요하게 멈춰 섰다.

"아직 용서를 못 했니?"

그녀의 무미건조한 입술이 잘 떨어지지 않았다.

"용서랄게 있을까. 그런다고 달라지는 것도 없고."

천수는 동생의 감정을 이해한다는 듯 고개를 크게 끄덕였다.

"오빠가 같이 가줄 거지?"

"난 지난주에 다녀왔어. 너 혼자 가면 엄마가 더 좋아하실 거야."

"여기서 가깝지?"

"걱정하지 마, 데려다줄게."

윤미가 따라오려는 걸 미희가 겨우 말렸다. 금방 돌아오겠다고 말했는데도 금세 정이든 조카는 슬픈 표정을 지었다. 윤미는 고모가 다시 안 올 것 같은 느낌이 든다고 말했고, 해미는 조카와 새끼손가락을 걸고 돌아오겠다고 약속했다. 윤미가 진정되자 해미는 천수의 승합차에 올랐다. 작은 도로를 달리며 속초의 아름다움을 눈에 담느라 바빴다. 하늘도 바다처럼 파랗고 빛이 났다. 단풍이 무르익은 산들이 이룬 곡선은 경이롭고 아름다웠다. 좁은 도로에는 그들 말고 다른 이들은 없었다. 해미는 창문을 열고 고개를 내밀었다.

차갑고 서늘하며 몸의 기운이 빠지는 기분이 잠시 들었다. 죽은 자들이 모여 사는 곳은 깔끔하고 쾌적했다. 대리석 바닥이 태양과 전등의 빛을 동시에 받아 보석처럼 반짝거렸다. 해미의 구둣발 소리가 건물 안을 크게 울렸다. 넓디넓은 납골당에는 방문객이 몇 없었다. 1층에 특별실에 잠시 눈을 빼앗겼다. 죽어서도 아름다운 공간에 머문다는 건 어떤 기분일까? 영혼들도 느낄 수 있을까? 화려한 유골함은 햇빛이 스며들자 더 아름다웠다. 시커먼 석탄을 캐다가 발견한 다이아몬드처럼.

안치실마다 이름이 붙어있었다. 소망실, 행복실, 믿음실. 따뜻하고 예쁜 이름으로 지은 모양이었다. 해미의 엄마와 큰오빠는 3층의 행복실에 있었다. 백색의 아무런 무늬가 없는 값싼 유골함들은 눈에 띄지 않는 머리보다 높은 곳이나 무릎 아래에 있었다. 해미는 메모지에 적은 엄마의 유골함 위치를 눈으로 찾았다. 행복과 거리가 멀었던 엄마가 그곳에 머물며 달라졌을까? 처음엔 햇살이 닿지 않는 구석에 맨 아래 안치되었었는데 천수가 윤미를 낳고 아빠가 되면서 엄마와 큰오빠가 매일 햇살을 맞을 수 있는 좋은 위치에 이사를 시켜주었다.

해미의 눈높이에 정확히 엄마가 있었고, 그 옆에 진수가 있었다. 작은 유골함은 아무런 무늬 없이 하얀색이었다. 옆에 서 있는 미소짓는 엄마의 사진이 낯설게 느껴졌다. 그녀 기억에 엄마의 웃는 모습은 지워졌으니까.

좌우로 눈동자를 돌려 아무도 없는 것을 확인하고 눈물을 쏟아내기 시작했다. 그녀는 번데기를 사달라고 조르는 소녀의 모습으로 돌아가 있었다. 흐르는 그녀의 눈동자에 고정된 건 엄마가 입고 있는 옷이었다. 하얀 카라티였는데 왼쪽 가슴에 자수가 새겨져 있었다. 빨간 꽃잎이 입을 활짝 벌리고 있는 모습이 마치 어린아이가 행복하게 미소짓는 얼굴 같았다. 잎사귀는 꿈에서 보던 것보다 더 파랗게 물들어있었고, 휘어진 줄기는 곧게 뻗어 있었다.

해미의 눈물은 분노와 아픔, 그리고 연민과 증오와 사랑이 섞여서 흘러내렸다. 그리고 그녀의 가슴에 검고 고운 진흙 덩어리처럼 묵직한 슬픔이 얹혔다. 모든 감정을 쏟아내느라 많은 시간이 걸렸다. 그녀의 마지막 눈물은 그리움이었다. 유리 너머에 있는 엄마와 진수 오빠를 눈으로 쓰다듬고 끌어안았다.

마른 눈으로 그곳을 나왔다. 천수는 쪼그려 앉아 길가에 핀 꽃을 보고 있었다.

"오빠!"

뒤를 돌아보는 천수의 모습에 왈칵 눈물이 나왔다. 그가 희생하며 그녀를 키워준 날들이 떠올랐기 때문이다. 천수는 작은 미소로 동생을 안아주었다. 그제야 해미는 평온함을 찾았다.

"오빠, 미안해."

"뭐가?"

"그냥 다."

"내 동생이 잘못한 건 하나도 없어."

해미의 등을 토닥이며 말을 이었다.

"잘 커 줘서 고마워."

해미는 갑자기 웃음을 터뜨렸다.

"오빠, 나 마흔한 살이야."

천수가 해미의 얼굴에 양손을 올려두고 찬찬히 뜯어보았다.

"넌 나한테 아직도 일곱 살 꼬마야."

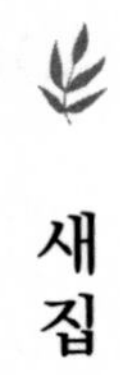

새집

열네 살 해미는 홀로 지내야만 했다. 생각보다 어렵지 않았다. 아침에 일어나 학교에 갔다가 집으로 돌아오는 것. 좁은 집안에 혼자 머무는 것. 어려운 것은 없었다. 다만 끼니를 챙기는 게 힘들었다. 해미는 오빠가 남긴 돈을 어떻게 써야 할지 계획을 세웠다. 그녀는 오빠의 당부대로 학교를 마치고 미술학원에 다니기로 했다. 먹는 것보다 배움에 돈을 쓰는 게 중요한 해미는 빵과 값싼 라면이 주식이었다. 돈을 주고 쌀을 산 적이 한 번도 없었다. 옆집 아주머니가 밥을 챙겨줄 때나 배불리 먹을 수 있었다. 주말에 아주머니가 해미를 집으로 불렀다. 그녀는 해미를 측은하게 바라보며 말했다.

"해미야, 너 어떻게 할 거니?"

고기의 육즙이 해미의 입안에 폭죽을 터뜨렸다. 입을 가린 채 웃음을 지으며 말했다.

"이대로도 괜찮아요."

"그게 아니라……, 이제 판자촌을 철거한단다. 여기, 다 불법이잖니. 싹 밀어버리고 아파트를 짓는다는구나. 이달 안으로 여길 나가야 해."

해미는 씹던 고기를 대충 삼키고 말했다.

"그게 정말이에요? 그럼 아줌마는 어디로 가세요?"

"우리는 이 근처 임대아파트에 들어가기로 했어. 거기도 보증금이 꽤 들어갔어. 해미, 너는 갈 데가 있니? 친척이나 할머니는?"

소녀는 고개를 흔들었다.

"아무도 없어요. 이제 혼자예요."

그녀는 해미의 등을 쓰다듬어주었다.

"어떡하니, 도와주지 못해서 미안하구나."

"아니에요. 아줌마는 저에게 충분히 큰 도움을 주셨어요."

그들은 아무 말 없이 고기를 집어 먹었다. 해미에게는 걱정보다 당장 배를 채우는 게 우선이었다. 열흘 뒤 중장비 여러 대가 소음을 울리며 판자촌을 둘러쌌다. 불도저가 해미의 집을 뭉개는 데는 일 분도 채 걸리지 않았다. 지낼 곳이 없다는 자기연민은 잠시뿐이었고, 더는 엄마와 큰오빠를 잃은 곳에서 지내지 않아도 된다는 것에 홀가분한 마음이 들었다. 중장비가 한참 시끄럽게 짖어대다가 어느새 침묵했다. 판자촌 마을이 공터가 되었다. 해미는 고향을 등지고 앞으로 걸어갔다.

"두껍아, 두껍아. 헌 집 줄게 새집 다오. 두껍아, 두껍아. 내 집을 가져간 대신 내 고통도 가져가렴."

해미는 여인숙의 달방을 구했다. 한 달에 5만 원씩 내고 방을 쓸 수 있었다. 화장실은 공용이었고, 마당에 수돗가가 있어 빨래도 할 수 있었다. 주인아주머니가 찬물에 빨래하는 게 괜찮겠냐고 물었을 때 피식 웃었다. 해미는 한 번도 세탁기를 돌려본 적이 없었으니까. 화장실도 지독한 냄새가 나는 재래식만 써왔는데 새집은 변기도 있었다. 그때 비하면 궁궐 같은 집을 얻은 것이다. 해미는 천수처럼 학교에서 가난한 학생으로 학비를 감면받았다. 자신을 위해 절도까지 한 오빠를 생각해 공부만 열심히 하기로 다짐했지만, 방해꾼들이 그녀를 가만두지 않았다. 아버지는 바람나서 도망갔고, 엄마는 자살했으며, 큰오빠는 폭주족 행세를 하다 사고로 죽었고, 작은오빠는 절도범으로 소년원에 가 있는 콩가루 집안의 막내딸. 그 이상 이유가 필요 없이 외톨이가 되었다. 큰오빠가 죽기 전까지 해미는 아이들의 영웅일 만큼 인기가 많은 학생이었는데……. 지금은 누구도 거들떠보지 않는 한 마리 벌레에 불과했다. 동급생들이 서로 해미와 앉으려 하지 않아 결국 짝이 없이 1년을 보내야만 했다. 2학년으로 올라가면 달라지겠지 싶었지만, 아무도 그녀 곁에 오지 않았다.

천수가 출소하고 해미를 찾았다. 그들은 편지를 주고받으며 어떻게 살아가는지 알고 있었다. 그는 군대에 다녀온 것처럼 늠름하게 변해있었다. 세상을 다 가진 표정을 한 해미가 오빠에게 달려가 안겼다. 살아도 죽어있던 그녀에게 기쁨의 눈물을 흘리게 했다. 천수의 어깨에 코와 입을 대고 소리를 내고 울었다. 축축하게 젖은 그의 티셔츠가 어두운 갈색이어서 조금밖에 티가 나지 않았다. 천수는 해미가 지내는 여인숙에 옆방을 잡았다.

"해미야, 오빠가 없어서 힘들었지."

"아니, 힘든 것보다 오빠가 없어서 외로웠어."

"그게 힘든 거야."

남매는 손을 잡고 앉았다.

"이제 오빠가 너 뒷바라지 다 해줄게. 걱정하지 마."

"방금 소년원에서 나왔으면서 내 걱정부터 하는 거야?"

그의 얼굴은 어른의 얼굴이었다. 두 살 터울의 남매였지만 그가 해미의 보호자라는 표식이 얼굴에 새겨져 있는 것 같았다.

"오빠, 다음 주에 배 타러 가."

해미는 더는 떠나지 않기를 바라는 떨리는 목소리였다

"무슨 배?"

"원양어선, 3개월 동안 배 위에서 일할 거야."

해미의 목소리가 더 심하게 떨렸다.

"오빠, 그 일 위험한 거 아니야? 안 하면 안 돼?"

담담하고 여유 있는 천수가 미소를 지었다.

"한번 나갔다 오면 목돈을 벌 수 있어. 오빠가 동생을 위해 못 할 게 뭐가 있겠어. 이제 다 해줄 거야. 그러니까 미술학원도 계속 다니고 좋은 것도 많이 먹고 배불리 살자."

해미는 오빠를 끌어안았다.

"오빠, 고마워. 나 염치없어도 오빠 도움받으며 살게. 나 열심히 공부해서 성공할 거야."

"성공하면 좋지. 그런데 그것보다 네가 행복하면 좋겠어. 하루를 살아도 행복하게 말이야. 하고 싶은 거 하면서 어두웠던 지난날을 잊고 사는 거야."

삶과 죽음

고3 담임은 도덕을 가르쳤다. 그는 현실에서 도망친 몽상가 같았다. 그의 수업을 한 시간 동안 듣고 나면 몸이 나른해지고 먼 곳으로 떠난 기분이 들었다. 초등학교 때나 칠판에 적는 글자 '꿈'을 적은 담임은 각자의 노트에 적어보라고 말했다. 해미는 어릴 적부터 가지고 있던 꿈인 화가를 적었다.

"누가 꿈을 말해볼래?"

교실 안에 여자아이들은 유치하게 꿈 타령을 할 시간에 문제 풀이를 하나 더 하길 바라는 눈길을 보냈다. 담임은 그들의 눈을 보고 느낄 수 있었다. 칠판지우개로 꿈을 지워버리고 수능시험에 나올만한 문제를 푸는 게 현실적이라는 걸. 하지만 그는 제자들이 성인이 되기 전에 '꿈'에 대해서 대화하고 싶었다. 담임은 맨 뒤에서 엎드려있는 자현을 지목했다. 단발머리로 얼굴의 반을 가린 그녀는 눈이 퉁퉁 부어있었다. 하품을 길게 하며 자리에서 일어났다.

"저는 부모님께 건물을 물려받아서 건물주가 될 겁니다. 다른 건 하고 싶지 않아요. 편하게 돈을 벌며 사는 게 제 꿈입니다."

아이들이 손뼉을 쳤다. 환호성을 보내며 부러움의 소리를 질렀다. 예상대로 담임의 얼굴은 일그러졌다. 해미의 얼굴 또한 마찬가지였다. 가난에 허덕이며 살아온 그녀는 다시 태어나도 이해하지 못할 대답이었으니까.

"꿈을 재물과 맞바꾼 자야말로 가장 가엾은 사람이야. 자현아, 그럼 너는 건물주가 되어서 아무런 노력도 하지 않고 인생을 허비하며 살아갈 거니?"

자현이가 다시 일어서자 절반 이상의 학생이 그녀에게 눈을 돌렸다.

"선생님, 저는 잘하는 게 없어요. 공부를 해봤자 머리가 나빠서 대학도 못 갈 거고요. 하고 싶은 것도 딱히 없습니다. 재능이 없는 이들이 꿈이라는 허울을 잡기 시작하는 순간, 그 허울은 천천히 삶을 좀먹어간다고요. 저는 삶을 낭비하고 싶지 않습니다. 하지만 살아남기 위해 최소한의 노력은 하며 살아가겠죠. 이를테면 계산기를 두드리며 임대료를 계산한다든지. 부동산 가격이 얼마나 오르는지 매일 체크하는 일이 저의 노력이겠죠."

자현은 생각 없는 학생이 아니었다. 해미는 화가라는 글자를 한참 동안 보다가 찍찍 두 줄을 긋고 디자이너로 바꾸었다. 자현의 말이 현실을 깨닫게 해준 것이다. 화가로 성공하고 돈을 벌려면 최소한 유학은 다녀와야 한다. 아무리 실력이 좋다고 한들 누가 그녀의 전시회를 열어줄 것인가. 어떤 꿈을 꾸기보단 어떤 직장을 가져야 할지 계획하는 게 현명한 선택이었다. 담임은 두꺼운 안경 너머로 자현을 보며 미소를 지었다. 고개를 끄덕이며 그녀의 말에 공감하고 있었다.

"자현이가 아주 똑똑하구나. 그럼 하나 물어보자. 너희 부모님은 건물주가 되기까지 어떻게 사셨니?"

그녀의 눈빛은 빈틈없고 기민했다.

"할아버지 유산으로 장사를 시작하셨어요. 방앗간을 하셨는데 십수 년 만에 그 건물을 통째로 사버리셨죠."

"그럼 자현이 너는 부모님의 유산을 이어받아 더 크게 성공하고 싶지 않니? 작은 방앗간에서 시작하신 부모님처럼 말이야. 경영 공부를 해서 회사를 창립할 수도 있고 건물을 운영하며 문학이나 예술의 꿈을 꿀 수도 있고 말이야."

해미는 경외감과 존경심을 한꺼번에 느끼며 선생님의 말씀에 귀를 기울였다.

"글쎄요. 예술은 타고난 자들의 노력 속에서만 그 진짜 얼굴을 드러낸다고 생각해요. 선생님, 그거 아세요. 지금 저에게 꿈을 강요하고 계세요. 억지로 꿈을 꾸는 거야말로 불행한 삶이 아닐까요? 말씀대로 경영 공부는 생각해 보겠어요."

담임의 이마에 식은땀이 흐르고 있었다. 그는 빨리 몽상가를 찾아야 했다. 반장이 손을 들었다. 그녀의 꿈은 방금 담임이 뱉은 말속에 있던 소설가였다. 그녀는 책을 많이 읽어보려고 하지만 도저히 이해되지 않는 책들이 더러 있다고 말했다. 주로 고전 소설을 읽는데 사람들이 왜 명작이고 역작이라고 일컫는지 알 수 없다고 말했다.

"그건 아직 네가 어리기 때문이라고밖에 설명이 안 돼. 지적인 발달과 정서적인 발달은 평행을 이루지는 않아. 너희는 정서적으로 성장했을 거야. 너희도 그걸 알겠지. 하지만 낯선 표현들이나 가르쳐주지 않던 내용을 처음 접하며 생기는 충돌 같은 거지. 아마 십 년 뒤에 같은 책을 읽으면 다른 느낌일 거야."

해미는 담임의 말을 글로, 써 내려가는 동안 숲속을 질주하는 말처럼 종횡무진 행간을 누볐다.

그녀는 유년 세계가 붕괴한 탓에 의식적인 삶은 갈수록 더 조바심치며 그 위로 다리를 조심히 놓았다. 우울증이라고 불리는 일시적인 정신 허약 상태에 굴복이 되었을 때 해미는 사는 이유에 대해서 생각해 보았다. 붕괴한 유년, 엄마와 큰오빠의 죽음, 자신을 뒷바라지하기 위해 감옥을 다녀온 작은오빠.

해미는 천수가 번 돈으로 편하게 공부하고 삶을 유지할 수 있었다. 문제집의 문제들만 풀며, 그리고 싶은 그림을 그리며. 하지만 열아홉 살이 되도록 정작 본인의 문제는 풀지 못했다. 머릿속에서 괴롭히는 과거의 기억들, 새로울 것 없는 미래……. 그녀의 고통은 인격의 일부분이 되었고, 영혼은 열한 살에서 멈춰 있었다. 그래서 해미는 자신으로부터 자유로워지기로 결심했다. 여인숙 부엌에서 식칼을 들고 왼쪽 손목을 깊이 그었다. 장판 위에 주저앉아 가만히 눈을 감았다. 물감으로 착각할 만큼 진한 피가 흘렀다. 그대로 잠이 들면 영원히 깨지 않을 거라 믿었다. 그리고 영원히 날 수 있는 곳으로 가기를 소망했다. 상상 속의 외삼촌이 말했던 것처럼.

해미는 하늘을 나는 꿈을 꾸었다. 알 수 없는 힘이 그녀를 땅에서 일으킨 것이다. 가벼운 몸이 허공에 뜨자 거센 바람이 그녀를 먼 곳으로 떠밀었다. 해미는 꿈이라는 것을 인지했다. 그곳에서라도 더 많이 날고 싶은 욕구를 가지자 몸은 바닥으로 떨어졌다. 너무 아팠다. 작은 욕심을 부렸다고 무너뜨리는 게 가혹하다고 느껴질 만큼. 꿈에서 깨기 싫은 그녀는 꿈속에서 유영하고 있었다. 팔과 다리가 마음대로 움직이지 않았지만, 조금 전처럼 다시 하늘을 향해 날 수 있을 것 같았다. 이윽고 다시 몸이 하늘 위로 뜨기 시작했다. 그리고 고요했다. 이 세상에 그녀를 제외하고 그 무엇도 존재하지 않는 것처럼.

담임이 병원을 찾았을 때 해미의 손목에 붕대가 감겨 있었고, 얇은 호스를 타고 내려온 액체가 그녀의 손등으로 스며들고 있었다. 천수는 평소에 뒷정리까지 해서 남들보다 두어 시간 더 일했는데, 배에서 내리자마자 집으로 달려가서 그녀를 구했다고 했다. 그는 느낌만으로 해미를 구했다고 말했다.

"해미야, 어떻니? 죽었다가 살아난 기분이."

그녀는 눈을 껌벅거리며 꿈을 말했다.

"편안했어요. 아니, 잘 기억이 나진 않지만, 여기보단 좋았던 것 같아요."

"죽음의 유혹을 느낀 거니?"

"네, 죽음. 선생님은 그 기분을 모르시죠."

담임은 고개를 가로저었다.

"우리의 삶이 죽음으로부터 왔는데 죽음을 체험하지 못한 사람이 어디 있겠니."

"그걸 기억하는 사람은 없잖아요."

담임이 해미의 손을 잡았다. 해미는 너무 따뜻해서 하마터면 눈물을 쏟을 뻔했다.

"살아있다는 게 행운임을 깨닫는 건……, 죽음을 경험하고 나서지. 또다시 체험할 거니?"

해미는 경솔하게 선택한 자신이 무섭다는 생각도 들었고, 자신이 하늘을 날던 꿈의 세계가 더는 그립지 않았다.

"아니요. 이젠 저도 정서적으로 성장했어요."

그녀는 고갈되지 않은 생존본능 때문에 더 살고 싶어졌다.

담임은 해미의 다친 손목에 가볍게 손을 올렸다.

"네 하루를 밝힐 만큼의 태양이 내리쬐고, 그 태양에 감사할 만큼의 비가 내리길 바란다."

그의 입술에 희미한 미소가 걸려있었다.

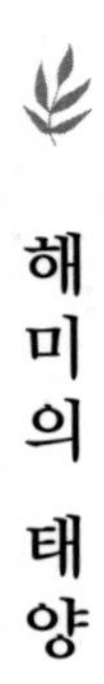

해미의 태양

노란 태양이 맨다리를 비추자 어쩐지 발가벗은 듯한 기분이 들었다. 모래사장은 꿈속을 거닐던 거리처럼 푹신했다. 미희가 빌려준 돌고래가 그려진 월남치마는 입은 것 같지 않은 만큼 가벼웠다. 갑자기 불어오는 바람이 월남치마를 휘날리자 돌고래가 반짝거리는 모래 위를 연거푸 뛰어올랐다. 해미는 굽 없는 운동화를 벗어 손가락에 끼웠다. 손마저 답답함이 느껴져 운동화를 내려놓았다. 설마 누가 가져갈까? 아무렴 어때. 손발이 자유로워진 해미는 자유롭게 걸었다. 여름의 바닷바람은 옷 사이로 스며들어 피부를 간지럽혔다. 저절로 웃음이 나올 정도였다. 아무리 오랫동안 바닷가에 머물러도 태양이 움직일 생각을 하지 않았다. 해미는 시간을 초월한 거라 확신했다.

노랗게 빛나는 태양은 눈썹차양을 만들어 감상해야만 했다. 눈부시게 아름다웠다. 해미는 조개 머리핀을 풀어 긴 머리카락이 바람에 마음껏 휘날리게 허락했다. 이윽고 이마 위로 파도처럼 흘러내린 머리카락이 바람을 타고 자유롭게 춤을 추었다. 하얀 포말을 일으키는 바닷물에 발을 담갔다. 우겸이 입맞춤이라도 한 듯 짜릿했다. 그녀는 만지작거리던 머리핀을 바닷속으로 던졌다. 그렇게 보내주면 진짜 조개가 될 것만 같았으니까.

모래밭에 앉아 왼손을 모래에 묻고 집을 지었다.

"두껍아, 두껍아! 헌 집 줄게. 새집 다오!"

집이 무너지지 않게 단단하게 두드렸다. 그녀가 손을 빼자 예쁜 성이 세워졌다. 그리고 행복한 여유를 부렸다. 바람의 소리를 느껴 보는 것, 하늘을 나는 새들을 손가락으로 세는 것, 파도의 모양을 눈으로 따라 그리는 것.

모래밭에 앉아 손가락으로 그림을 그리기 시작했다. 갸름한 얼굴에 짙은 눈썹, 깊은 못과 같은 눈. 우겸이었다. 그의 얼굴을 보고 웃음을 멈출 수 없었다. 그녀는 핸드폰에 우겸의 이름을 눌렀다. 신호가 가기 시작한다. 지금 그의 목소리가 듣고 싶다.

노랑나비

가로등에 환하게 빛나고 있는 외로운 그네가 그녀를 유혹했다. 노란색 그네에 앉아 몸을 흔들었다. 눈을 감자 멀미가 느껴졌다. 해미는 일부러 그 느낌을 즐겼다. 이윽고 옆에서 그네를 타는 소리가 들렸다. 깜짝 놀란 해미가 눈을 뜨고 그네를 세웠다. 그 아이였다. 소녀가 옅은 미소로 해미에게 인사를 했다. 해진 옷을 입고 있었던 아이는 깔끔하고 단정한 새 옷을 입고 있었다. 별이 그려진 티셔츠를 입고 있었는데 감촉이 좋을 것 같았다. 청바지도 새 옷 냄새를 풍겼고 신발은 해미의 외삼촌이 사주었던 가방처럼 노란색이었다. 달라진 소녀를 보자 더욱더 반가웠다.

"잘 지냈니, 꼬마야."

"네."

어색함을 풀기 위해 그네를 살짝씩 움직였다. 소녀도 해미를 따라 했다.

"뭔가 달라진 것 같네."

"그런가요? 이상해졌나요?"

그녀가 고개를 크게 흔들었다.

"아니! 너무 예뻐서."

소녀의 머리가 휘날리자 고운 눈망울이 젖어있었다.

"지난번에는 예쁘다는 말도 안 했으면서."

“그랬니……. 미안해.”

그들은 고개를 정면으로 돌리고 그네를 높이 타기 시작했다.

“과자 사줄까?”

“아니요.”

다시 눈을 감고 그네를 탔다.

“저, 이제 예쁜가요?”

해미가 고개를 끄덕이며 비행한다. 소녀도 따라서 비행한다. 가로등이 만든 해미와 소녀의 그림자가 나비의 양 날개처럼 똑같아 보인다.